W0399845

AMOUR, GLOIRE ET...
RATÉS

GUILLAUME DESSAIX

AMOUR, GLOIRE ET... RATÉS

Petites histoires de grandes réussites et d'immenses échecs

BUCHET • CHASTEL

Pour contacter l'auteur :
commentdevenirricheetcelebre@gmail.com

Sur Instagram :
guillaume.2c

Le présent ouvrage reproduit les chroniques parues dans *L'Usine Nouvelle* sous le titre « Industry Story » entre octobre 2016 et mars 2021.

© Buchet/Chastel, Libella, Paris, 2021

ISBN 978-2-283-03478-1

À Samuel et Paul, mes petits ingénieurs en herbe.

Introduction

Amour, gloire et... ratés. « Des mots qui font rêver... » ou presque.

Clyde était fou amoureux de sa Bonnie, Ferdinand a trahi Prosper, Isaac a multiplié les maîtresses, Phineas a trompé son monde pour arriver à ses fins, Jimmy a échappé à un attentat quand Pierre et John ont péri dans un accident...

Dans les 120 épisodes qui suivent, vous verrez comment des célébrités et des anonymes sont, volontairement ou non, entrés dans la petite, et parfois dans la grande, histoire. Certains ont rencontré la gloire, la fortune et parfois l'amour.

Des femmes et des hommes de génie à l'origine d'inventions révolutionnaires, d'avancées sociales et de créations d'entreprises. Mais aussi de doux dingues pris dans les tourments du hasard, d'un fiasco, d'une trahison ou d'une banqueroute, renvoyés dans l'ombre à laquelle ils pensaient échapper. Des êtres humains, en somme.

Pour autant, la richesse et la renommée conduisent-elles nécessairement au bonheur et à la postérité ? Les ratés de certains n'auraient-ils pas fait le bonheur de leurs successeurs ? Ces héros des temps anciens qui ont forgé notre quotidien vous apporteront, je l'espère, quelques éléments de réponse.

Le péril jeune

Le rideau aux éclats argentés glisse sous les cris hallucinés de demoiselles aux chignons impeccables. Derrière sa guitare, cheveux gominés et joues de poupon, Elvis Presley marmonne doucereusement son nouveau tube, *Love me tender*. Moue boudeuse, sourire en coin, déhanchements provocateurs, le moindre de ses gestes entraîne des hurlements hystériques. Mais sa venue sur le plateau de l'« Ed Sullivan Show » ce 28 octobre 1956 dépasse le simple tour de chant. Sur ses jeunes épaules reposent les espoirs du corps médical.

Au fil des années 1940 et 1950, les artistes se mobilisent. Pas seulement contre les nazis ou le péril communiste, mais aussi contre la poliomyélite. L'enjeu est national. Atteint par la maladie, le président Roosevelt a créé en 1938 l'association March of Dimes pour récolter des fonds et lutter contre cette affection qui paralyse jusqu'à 35 000 personnes chaque année aux États-Unis. Principalement les enfants et les adolescents. En 1952, 60 000 petits Américains ont contracté la polio et 3 000 en sont morts. Il y a urgence.

Heureusement, le docteur Jonas Salk est parvenu, dans son laboratoire de l'université de Pittsburgh, à développer un vaccin contre la maladie. Testé sur sa propre famille, il est déclaré, en avril 1955, efficace à 90 % après trois injections. En bon samaritain, le chercheur se refuse à faire breveter sa découverte pour qu'elle profite au plus grand nombre.

Seulement, vingt ans plus tôt, un incident a jeté le discrédit sur la vaccination. Sans qu'aucun organisme de supervision et de certification les contrôle, et à grand renfort de publicité, deux laboratoires avaient conçu des remèdes contre la polio. Les solutions s'étaient révélées dangereuses, entraînant de nombreux cas d'encéphalite, la mort de neuf enfants et le suicide d'un scientifique. Comment ces mêmes Américains, devenus parents, pourraient-ils alors avoir confiance en ce nouveau vaccin ? Pourtant, le sérum fonctionne et un million d'enfants reçoivent les doses de Salk en un an. Le docteur est célébré comme un héros. Mais le pire est à venir.

L'année suivante, le laboratoire Cutter, l'un des cinq ayant reçu l'autorisation de produire le vaccin, vend 120 000 doses contaminées. Résultat, 70 000 enfants ont développé des faiblesses musculaires, 164 sont restés paralysés et 10 ont trouvé la mort. Une catastrophe sanitaire et un choc pour le pays.

Salk et les laboratoires doivent rassurer à tout prix et faire entendre raison aux adolescents, réticents à suivre les conseils des médecins et de leurs parents. Les jeunes déjà convaincus fondent le mouvement Teens Against Polio afin d'aider les familles les plus démunies à débourser les 50 dollars nécessaires pour immuniser chaque enfant. L'association invite aussi les demoiselles à éconduire les malotrus anti-vaccins. Lentement, les efforts paient. Manque un dernier coup de pouce.

Avant que l'émission ne commence, Elvis se fait vacciner sous les flashes des photographes. Le lendemain, la presse célèbre l'idole des jeunes qui a donné l'exemple. Et les adolescents suivent. Au fil des années, la star rend visite à ses fans malades, bien incapables de reproduire son jeu de jambes. Salk, lui, obtient une reconnaissance mondiale, épouse à Paris la première femme de Pablo Picasso et poursuit ses recherches, notamment sur le virus du sida.

Elvis devient le King, avant de disparaître en 1977. Deux ans avant l'éradication de la polio aux États-Unis.

La bête humaine

Place de Rennes, au pied de la gare Montparnasse, le 22 octobre 1895, Marie-Augustine Aiguillard veille sur son kiosque à journaux. Entre deux gazettes, elle tricote assise sur les marches. Une maille à l'endroit, un tramway passe, une maille à l'envers. Sur les horloges électriques, 16 heures approchent. La petite marchande rend les invendus au ramasseur de journaux, qui file aussitôt au kiosque suivant.

Neuf mètres plus haut, l'express 56 en provenance de Granville est attendu voie 6. Il accuse cinq minutes de retard. Dans le wagon-salon, le gouverneur du Crédit foncier, Albert Christophle, s'impatiente, tout comme trois députés de l'Orne installés dans les voitures voyageurs. Pour rattraper les minutes évaporées, la loco numéro 721 s'est lancée vers Paris à toute berzingue. Mais le frein lui fait défaut. Le convoi entre en gare à 40 kilomètres-heure – 50, diront certains ingénieurs. Le monstre d'acier noir fume et siffle de toutes ses forces. On s'écarte, on crie, on court... Trop tard. La locomotive pulvérise le butoir, traverse le hall, défonce la façade et plonge tête la première. Terminus.

Le préfet de police Lépine et le ministre des Travaux publics arrivent sur place rapidement. Avec un petit piston détruit et quelques pièces déformées, la loco s'en sort bien, quasiment intacte. Trois jours de manœuvres font la joie des badauds et les titres amusés de la presse. La machine est enfin dégagée grâce à des treuils et à des vérins, puis transportée par vingt-cinq chevaux jusqu'aux usines Cail de Javel où un ingénieur des Mines, désigné par un juge d'instruction, l'examine. Un frein à air rompu. La 721 reprend du service assez vite et circule jusqu'en 1930.

On compte une dizaine de blessés, dont le chauffeur et le mécanicien, éjectés à temps. Ils seront plus tard condamnés à des peines légères en raison de « circonstances très atténuantes ». Le gouverneur est sonné, mais indemne. Marie-Augustine, elle, n'a le temps de rien. La locomotive l'évite… mais pas une partie de la balustrade qui l'écrase sans semonce, avant que le cendrier de la 721 vienne s'ajouter à son funeste destin.

La Compagnie des chemins de fer de l'Ouest indemnise le veuf, prend en charge la scolarité des deux orphelins de 5 et 9 ans et leur promet un poste au sein de la compagnie. Pauvre Marie-Augustine, qui ne verra jamais la une du *Petit Journal*, le lendemain, dans son kiosque devant la gare Montparnasse.

KIWANIS INTERNATIONAL
YVETOT CAUDEBEC CAUX-SEINE
kiwanis.yvetot@gmail.com

Qui part à la chasse...

Avec sa casquette et sa grosse moustache, Jules Boiteux vadrouille par monts et par vaux. Fusil sur l'épaule gauche, le chasseur est bien décidé à dénicher du gibier en ce matin du samedi 20 octobre 1917. La veille, l'Allemagne a envoyé pas moins de treize zeppelins vers l'Angleterre. La mission est un fiasco pour la Luftstreitkräfte. Plusieurs dirigeables sont détruits, l'un se perd au-dessus de la Méditerranée...

Le L-49, lui, est censé survoler la Hollande, mais se retrouve à taquiner les cimes vosgiennes. Très vite, le *Kapitänleutnant* Hans Gayer et son équipage se retrouvent pris en chasse par les Crocodiles de l'escadrille N 152. Dès qu'il reprend de l'altitude, le noir vaisseau est mitraillé de toutes parts. Cerné et à court de carburant, il se rend. Drapeau blanc. L'engin de 200 mètres de longueur se pose tant bien que mal entre deux prés boisés, à 5 kilomètres de Bourbonne-les-Bains. Victoire française.

Si la défaite est actée, le jeune capitaine allemand de 28 ans ne peut se résoudre à abandonner son Grimpeur aux mains de l'ennemi tricolore. Il n'en a même pas le droit. Il fait évacuer les dix-sept hommes de son unité, saisit son pistolet et vise le dirigeable, résolu à l'incendier. Tout cela, sous les yeux de notre chasseur patriote et courageux. Boiteux sort du bois, met en joue Gayer et l'empêche ainsi de détruire la prise de guerre.

Le seul zeppelin allemand capturé intact durant toute la Grande Guerre devient une attraction. Après avoir reçu la visite du sous-secrétaire d'État à l'Aviation, l'aéronef attire ingénieurs français et américains. Et les villageois du coin. Démonté et acheminé par voie ferrée jusqu'aux Invalides, il termine sa carrière comme trophée. La nacelle devient même un guichet où l'on peut souscrire à l'emprunt national.

Les autorités allemandes admettent l'échec de ces machines d'attaque. Et se réjouissent que le comte von Zeppelin ait passé l'arme à gauche six mois plus tôt, lui évitant d'assister à cette fin désastreuse.

Quant à Jules Boiteux, il se voit décoré pour son acte de bravoure et remercié pour la prise de ce gros gibier.

Les fumées de la gloire

C'est la fin de l'année scolaire, les vacances approchent. L'album souvenir de l'école avec les trombines des élèves circule. Chacun y va de sa dédicace. Une tradition. Barry, comme l'appellent ses copains, rédige quelques mots pour conclure ses années lycée. Il remercie sa grand-mère, « le Choom gang et Ray pour tous les bons moments ». Un gâteau bien crémeux a été commandé pour fêter l'été, avant une nouvelle vie à l'université.

Nous sommes en 1979, au lycée Punahou de Honolulu. Les membres du « gang » ont deux passe-temps : le basket, qu'ils pratiquent à longueur de temps, et le choom. La marijuana en argot hawaïen. Si Barry remercie Ray dans sa dédicace, c'est parce que ce hippie aux cheveux longs, pizzaïolo à ses heures perdues, se trouve être le dealer du groupe.

La fine équipe a pour habitude de se réunir sur un terre-plein qu'elle surnomme Pumping Stations dans les environs du mont Tantalus, un vieux cône de cendres qui surplombe la ville. Là, dans un Combi Volkswagen baptisé

Choomwagon, Barry est le meneur, le plus disposé à établir de nouvelles règles autour du pétard. Celles du basket sont un parfait canevas. Portes et fenêtres fermées, la partie commence.

Tout membre pris en train d'exhaler de la fumée avant absorption totale écope d'une pénalité. Privé de joint au tour suivant. Parfois, alors que l'objet du délire passe de main en main, Barry hurle : « Intercepté ! », comme s'il piquait le ballon à son adversaire. Et s'arroge le droit de tirer une taffe supplémentaire. Fin de la partie, ultimes volutes aspirées. De « bons moments ». Les différents membres du clan deviendront écrivains, hommes d'affaires, magistrats. Ray sera massacré à coups de marteau par un amant éconduit.

Quant à Barry, il étudiera le droit, essaiera la cocaïne, deviendra travailleur social, avocat, sénateur, puis, en 2008, président des États-Unis. C'est sous son mandat que la marijuana sera légalisée dans la capitale fédérale américaine et dans certains États. Nouveau commerce florissant. Dès qu'il a un moment, Barack Obama marque encore des paniers à trois points.

Grâce au soutien de Michelle, son épouse, il a arrêté la cigarette.

L'adieu aux armes

« Viens de ce côté ! » lui crient les reporters présents. Conrad Schumann est fonctionnaire de la Police du peuple. Et il doute de son engagement, de ce mur qui va surgir et qui divisera Berlin pour longtemps. Nerveusement, il fume, lorgne l'autre côté de la rue, tenté par l'Occident. La liberté à quelques enjambées.

Tout à coup Schumann s'élance, lâche son fusil et se réfugie dans une camionnette de la police ouest-allemande. En quelques secondes, adieu Berlin, la famille et les amis. Lui qui se destinait à être berger se sépare de son troupeau. Le petit caporal de 19 ans est le premier soldat à franchir la ligne. Le photographe Peter Leibing saisit la scène au moment où Schumann saute par-dessus les maigres barbelés. Le cliché deviendra une icône de la guerre froide.

Le gouvernement de l'Allemagne de l'Ouest installe le déserteur en Bavière, dans la ville d'Ingolstadt ; là même où Victor Frankenstein donne vie à sa créature dans le roman de Mary Shelley. Et lui construit une nouvelle vie. Une épouse, une maison, un verger, bientôt un fils, Erwin.

La liberté. Conrad a tout pour être heureux. Il entame une formation d'infirmier, mais fait ami-ami avec la bouteille… être libre le tourmente. Peut-être ne l'est-il pas tant que cela après tout, loin des siens, craignant les sbires d'une Stasi qui rôde. Il continue, au fil des années, à envoyer lettres et colis alimentaires à ses proches. Preuve qu'il va bien, tentative de se faire pardonner à distance.

Après dix ans à l'Ouest, Schumann se fait embaucher par le principal employeur de la ville, l'usine d'assemblage d'Audi. Il y devient régleur de machines durant plus de vingt-sept ans, à apprendre un nouveau quotidien, une routine ordinaire. Et fait ses premières armes sur les modèles Audi 80 et 100, ces familiales qui feront la renommée de la marque. Employé consciencieux et prudent, il ne raconte son histoire qu'à très peu de collègues. Plus tard, le fiston le rejoint comme machiniste. L'usine devient une terre d'accueil pour près de 2 000 évadés de l'Est.

Schumann ne déclarera se sentir « vraiment libre » qu'en novembre 1989, lors de la chute du Mur. Alors, il rend visite à ses proches et retrouve enfin son troupeau. Mais là, point de héros : un déserteur plutôt, un traître. Les retrouvailles sont brutales et le renvoient à Ingolstadt, où la vie reprend son cours, jusqu'au 20 juin 1998. Dans son verger, Schumann se met la corde au cou. La libération ?

Dame d'honneur

Dans les ateliers Gaget, Gauthier et Compagnie se dresse la première dame de fer de Paris. Du fer forgé recouvert de trois cents plaques de cuivre, dont les premières ont été offertes par un industriel. En ce printemps 1884, la statue de la Liberté domine les toits du quartier du parc Monceau, tout proche. Elle devient même pour quelque temps le monument le plus haut de la capitale. Et une attraction singulière pour les Parisiens en balade dominicale.

Dix ans plus tôt, Auguste Bartholdi se voit missionné par le juriste Édouard de Laboulaye pour réaliser ce cadeau diplomatique devant célébrer le centenaire de l'indépendance des États-Unis et l'amitié franco-américaine. Et, au passage, glorifier le génie français. Le point de chute est tout trouvé : quoi de mieux que la jeune et moderne New York ? Reste aux gouvernements exsangues à le financer. La solution est toute trouvée et on statue très vite : faisons appel aux dons !

Naît l'un des premiers et des plus importants crowdfundings de l'histoire. Ou plutôt deux, l'un en France et l'autre aux États-Unis. La générosité des particuliers et des entreprises est considérable. À cela s'ajoute la vente de billets pour admirer la tête de la statue lors de l'Exposition universelle de 1878 à Paris. La récolte s'élève à 1 million de francs. De l'autre côté de l'Atlantique, la célébration du centenaire de la fondation du pays est une occasion en or pour lancer le financement participatif destiné au piédestal, à la charge des Américains. Marchands avertis, ils y déploient toute leur inventivité : dons, loteries, paris sur des matchs de boxe, vente de photographies des premiers éléments, exposition du bras tenant la torche à Philadelphie, campagne de presse du magnat Joseph Pulitzer... La mobilisation est un succès.

L'emballement est tel pour cette Liberté venue éclairer le monde qu'il se poursuit jusqu'à l'inauguration : les statues miniatures distribuées par l'entreprise Gaget donnent naissance au mot « gadget », alors que l'on s'empresse de demander en anglais si chacun possède bien son « Gaget ».

Si la belle dame fait toujours face à la France amie, les ateliers du 25, rue de Chazelles ont laissé place à une clinique. Héritière pas peu fière du passé glorieux des lieux, elle arbore le célèbre visage couronné.

Les hommes préfèrent les blondes

Ce matin de juin 1945, le capitaine Ronald Reagan assigne au photographe David Conover une nouvelle mission.

Objectif : réaliser un reportage pour l'hebdomadaire militaire *Yank Magazine*. Sujet : l'implication des femmes dans l'effort de guerre. Lieu : Radioplane Company, Van Nuys, Los Angeles.

Après un rapide tour des ateliers, le caporal Conover fixe son point de mire. Sans hésitation. « Une qualité lumineuse dans son visage, une fragilité combinée à un dynamisme étonnant. » Premier regard bienveillant d'un homme sur une esseulée, déjà maintes fois brutalisée. À 19 ans, Norma Dougherty se sent prête à incarner l'Américaine vaillante, boulonnant pour la patrie, soutien aux hommes partis au front.

Non loin de son Jim de mari, lui aussi employé de l'usine, l'ouvrière aux boucles rousses est chargée de l'inspection des parachutes et de l'ignifugation des ailes d'avions. Une tâche peu visuelle, pas assez glamour pour l'objectif. On l'invite donc à poser avec le OQ-2. Ce petit avion rouge, un drone destiné à n'être qu'une cible lors de l'entraînement des soldats américains, est généralement bien vite réduit en miettes.

À l'issue de la séance photo, Conover convainc Norma que sa place n'est pas là, mais en couverture des magazines. Et lui conseille de s'inscrire dans une agence de mannequins. Trop jeune épouse tombée dans l'ennui et la routine, Norma quitte tout. Usine et époux.

Le drone et la carrière de Norma décollent. L'appareil devient le premier avion sans pilote vendu en masse dans le monde et sera promu aéronef de reconnaissance pendant la guerre du Vietnam. Elle, modèle, pose pour des dizaines de revues. Puis la 20th Century Fox, la Columbia et la MGM la font tourner. Onze films en trois ans.

Norma reviendra pointer à l'usine en octobre 1951. Autre séance photo, autre mission : cette fois, pour célébrer sa *success story*. Une nouvelle identité, désormais actrice à la chevelure blond platine. Un sex-symbol planétaire.

Quant à David Conover, il restera dans l'histoire comme le photographe qui, un matin de juin 1945, a découvert Marilyn Monroe.

Un modèle phare

Pierre Lefaucheux change d'avis au dernier moment. Au diable le train, il ira plus vite en voiture. Le patron de Renault doit donner une conférence sur la bonne santé de la Régie au foyer des étudiants catholiques de Strasbourg, ce soir du vendredi 11 février 1955. Il monte dans sa Frégate, pose sa valise sur la banquette arrière et quitte l'usine de Billancourt.

Le ciel gris et bas écrase la nationale 4. À l'approche de Saint-Dizier, un panneau de déviation surprend Lefaucheux, qui freine et braque *in extremis*. Sur une plaque de verglas.

Quand il a pris la tête de la Régie en mars 1945, lors de la nationalisation, Lefaucheux n'était pas un grand fan des voitures. Et se plaisait encore à circuler à vélo. Ancien résistant et chef des FFI de la région parisienne pendant la guerre, il s'appuyait sur ses anciens camarades haut placés pour refuser tout dirigisme étatique. En moins de dix ans, il est parvenu à faire de Renault le premier constructeur français et l'un des leaders européens grâce à trois modèles phares.

La 4CV est une voiture au coût dérisoire, accessible à tous. La Frégate concurrence la Traction Avant de Citroën. Quant à la Dauphine, la voilà prête à être présentée au Salon de Genève un an plus tard et à devenir la voiture la plus vendue dans l'Hexagone quatre années durant. L'année 1954 a d'ailleurs été excellente pour Renault, avec 200 000 véhicules produits, loin des 12 000 fabriqués dix ans plus tôt.

Lefaucheux est aussi l'homme qui a lancé la construction de l'usine de Flins. Homme de terrain avant tout, il était présent au premier coup de pioche et se rendait sur place chaque semaine pour suivre les travaux. C'est son œuvre la plus personnelle. L'usine de l'avenir, pour « un travail plus efficace, un minimum de peine, le tout dans un cadre idéal ».

La sirène de l'usine déchire la longue minute de silence de ce février glacial. La veuve de Pierre Lefaucheux est au premier rang. Derrière elle, 5 000 salariés rendent hommage au patron. La Frégate n'a jamais rejoint Strasbourg, finissant sa course dans un champ après quelques tonneaux. Une aile, un rétroviseur, un phare… les dommages sont minimes. C'était sans compter la valise posée sur la banquette arrière, venue percuter la nuque du conducteur. Dans l'une de ses poches, le billet de train pour Strasbourg.

Apocalypse snow

En chemin vers l'école, les enfants contemplent l'étonnant spectacle qui s'offre à eux dans le port de Halifax. Comme la plupart des habitants, ils observent les flammes et l'immense colonne de fumée noire qui s'élève au-dessus d'un des deux navires qui se sont percutés quelques minutes plus tôt. À son bord, plusieurs tonnes d'explosifs.

Depuis trois ans, la guerre fait prospérer la cité canadienne, devenue lieu de transit des marchandises, des munitions et des soldats britanniques, américains et canadiens. Ce 6 décembre 1917, le steamer norvégien *Imo* part chercher du matériel de secours, quand sa proue vient percer le flanc du français *Mont-Blanc*, qui transporte près de 3 000 tonnes de TNT, de fulmicoton et de benzol. Le port est dépourvu d'un règlement qui assurerait un passage sécurisé des bateaux chargés de munitions et l'*Imo* a pris ses aises dans l'étroit chenal.

Le *Mont-Blanc* se consume pendant près de vingt minutes et dérive vers le port sous les yeux des curieux qui ne savent pas que les flammes viennent chatouiller des barils d'explosifs. L'équipage, pourtant, se hâte de quitter le navire à la rame et à la nage. À 9 heures 4 minutes et 35 secondes, le *Mont-Blanc* explose. Une boule de feu invisible s'élève dans les airs. L'onde de choc est colossale. Le port, la gare, les arbres, les poteaux, les maisons, les bureaux, la raffinerie de sucre... tout est soufflé sur plusieurs kilomètres.

Le *Mont-Blanc* est désagrégé en une infinité de projectiles métalliques quand la verge de son ancre atterrit 4 kilomètres plus loin à l'ouest. Un tsunami de 6 mètres de hauteur se forme et emporte avec lui les premiers débris. Les habitations en bois s'écroulent sur les lampes à pétrole et prennent feu.

Le choc est tel qu'il fait exploser les tympans et les poumons et écrase les organes internes des badauds tout proches. Les vitres sont pulvérisées en centaines de morceaux tranchants, décapitant parfois, aveuglant souvent des milliers d'yeux. Nombre d'habitants sont projetés dans les airs et retombent à plusieurs kilomètres de là. D'autres découvrent qu'ils ont perdu la vue à la suite du flash produit par la boule de feu. La déflagration s'essouffle 100 kilomètres plus loin et brise les dernières fenêtres.

Près de 2 000 personnes ont péri, 9 000 sont blessées et 6 000 sans logement. Le lendemain, le blizzard, comme un voile blanc, vient recouvrir les ruines de ce qui aura été, jusqu'à la bombe atomique larguée sur Hiroshima, la plus forte explosion jamais provoquée par l'homme.

Travailleuses, travailleurs

Désormais lancés dans un conflit planétaire, les États-Unis ont besoin de bras. Comme ceux de Geraldine Hoff. Violoncelliste à ses heures, elle craint de se faire broyer une main par la presse sur laquelle elle sue à grosses gouttes, comme ce fut le cas pour celle qui l'a précédée. Alors elle quitte l'usine et se fait embaucher ailleurs comme pointeuse.

Naomi Parker, elle, participe à l'effort de guerre comme riveteuse sur la base aéronavale d'Alameda, en Californie.

Elles sont typiques de ces ouvrières à la fierté et à l'énergie chevillées au corps, capables de produire comme les hommes. Encouragées par une propagande gouvernementale chaque semaine plus intense. La presse publie leurs trombines. L'une rivetant un bombardier, une autre utilisant une tour à métaux.

Dans cet élan général, Westinghouse Electric commande une série d'affiches à l'artiste J. Howard Miller. Une litanie de rappels sur le respect de la hiérarchie, les règles de sécurité, l'effort de guerre... Chacune d'elles se retrouve accrochée durant deux semaines sur les murs des usines du groupe.

Celle de la deuxième quinzaine de février 1942 marque les esprits. Sur fond jaune, une riveteuse en bleu de travail, les manches relevées, montre son biceps droit. Coiffée d'un bandana rouge à pois blancs, elle déclare : « *We can do it !* » Nous pouvons le faire. Pas seulement nous les femmes, mais nous les ouvriers, nous les Américains. L'image devient alors une référence culturelle connue de tous.

Geraldine se réclamera comme le modèle de l'affiche. Et tout le monde y croira, pendant longtemps. En 2009, quand Naomi visite le musée consacré à l'effort de guerre des civils américains, elle découvre cette photo légendée du nom de Geraldine. Et se reconnaît.

Après enquête, il s'avère que Naomi est bien le véritable modèle de Miller. Mais, après tout, peu importe. Geraldine ou Naomi, elles sont le visage de ces femmes qui ont travaillé dur, qui ont fait face quand les hommes étaient au front. Avant de devoir retourner à leur foyer.

Les fous du volant

La journée du 30 juillet 1908 se termine. Au volant de la Thomas Flyer, l'Américain George Schuster atteint enfin Paris. La ligne d'arrivée est toute proche. Mais sur le boulevard des Capucines, après 35 000 kilomètres, un agent de la circulation arrête l'équipage et immobilise le véhicule pour absence de lanterne. Schuster négocie, rien n'y fait. Pour un détail et à cause d'un agent zélé, il est à deux doigts de perdre la première course automobile autour du monde.

À l'automne précédent, Eugène Lelouvier, explorateur, a rêvé d'une grande compétition automobile entre New York et Paris pour promouvoir le savoir-faire français. Le quotidien *Le Matin* a accepté de parrainer la course et a invité à s'y inscrire dans ses pages. À la clef, une coupe en or massif et une récompense de 15 000 francs pour le vainqueur. Le *New York Times* s'est joint à l'aventure, tout comme la Standard Oil qui a proposé de fournir le carburant.

Le départ a lieu le 12 février 1908 à Times Square. À 11 heures, le maire George McClellan se fait attendre.

Les 25 000 badauds s'impatientent à tel point que l'un d'eux s'empare du pistolet, tire et lance la course ! Une voiture américaine, une allemande, une italienne et trois françaises démarrent. Mais avec un froid glacial, des pluies diluviennes, des chemins de boue en guise de routes, des pneus fragiles, une mécanique capricieuse... la compétition ressemble à un long calvaire. Les concurrents sont remorqués par des chevaux sur des voies ferrées, plus nombreuses et plus accessibles en cas de neige.

Les Français se font remarquer tout au long des épreuves. La Française Sizaire-Naudin abandonne avant les 200 premiers kilomètres après avoir percuté un rocher, tandis que la voiture italienne chute d'un pont. Cap à l'ouest. Iowa, Midwest, Californie, océan Pacifique, mer du Japon, Sibérie, Allemagne, Belgique... Au sein du second équipage tricolore, les disputes se multiplient. On se provoque en duel, on s'indigne et on se sépare. Le malotru agitateur rejoint alors les Américains. Le troisième pilote, seul et en panne, achète la totalité de l'essence disponible pour la revendre au plus offrant en échange d'une place. Les Italiens acceptent. Le dernier Français est embarqué, mais disqualifié. Un échec.

Un Parisien offre la lumière de sa bicyclette à George Schuster. Ni une ni deux, le vélo est installé sur la Flyer, alors autorisée à repartir et à gagner... Mais les Allemands sont arrivés la veille. Vainqueurs ? Non, car ils souffrent en réalité d'une pénalité de trente jours infligée plus tôt dans la course. L'Américain Schuster a bien gagné ce premier tour du monde en auto. La France, elle, reste fière dans la défaite.

Scénario catastrophe

Alors qu'il passe quelques jours dans son domaine de Zucco, près de Palerme, Henri d'Orléans, en sa position de duc d'Aumale, apprend avec effroi la nouvelle. Lors d'une vente de charité, cent vingt personnes ont péri, parmi lesquelles des membres éminents de la noblesse. Dont sa propre nièce, la duchesse d'Alençon, sœur cadette de l'impératrice Sissi.

Le Tout-Paris se presse dans le 8e arrondissement ce 4 mai 1897, sur un terrain vague, là où trente ans plus tôt s'était établie la première entreprise industrielle de fabrication de vélocipèdes. Aristocratie et grande bourgeoisie sont réunies dans un immense décor de maisons et boutiques médiévales faites de carton-pâte et de toiles peintes, provenant de la dernière Exposition universelle. La duchesse d'Alençon est entourée de la vicomtesse de Beauchamp et de la baronne de Laumont.

On s'amuse follement, certes, mais ces dames sont surtout là pour les bonnes œuvres. Les recettes de ce Bazar de la Charité sont destinées aux plus démunis. La fête bat son plein. Jusqu'à l'apparition des premières flammes. À l'endroit même où est installée cette merveille d'invention qui fait fureur depuis un peu plus d'un an, le cinématographe. Lampe à pétrole tombée, combustion de vapeurs d'éther à cause d'une allumette, problème électrique ayant provoqué une étincelle, à moins que le faux plafond ne se soit écroulé sur les lumières du local…

La fausse rue du Moyen Âge devient en quelques secondes un gigantesque brasier. Un millier de femmes et de jeunes filles se précipitent vers les sorties. Les corps tombés s'amoncellent et font barrage. En moins de vingt minutes, le bâtiment n'est plus. Cadavres à demi nus et restes humains sont transportés dans une aile en travaux du Palais de l'Industrie. La France et l'Europe s'émeuvent de cette fête tragique. Certains remettent en question le cinématographe, jugé bien trop dangereux. De nouvelles réglementations sur la sécurité sont décidées, mais restent lettre morte.

Le soir du 7 mai, après avoir rédigé plus de vingt missives de condoléances, le duc d'Aumale se retire dans ses appartements. Affligé par la disparition de sa nièce, il meurt d'une crise cardiaque à 2 heures du matin. Et sera considéré lui aussi comme une victime de l'incendie du Bazar de la Charité.

Forte tête

Au matin du mercredi 2 avril 1975, une tête coupée flotte dans un bocal de formol déposé devant le Panthéon. À côté des restes du trépassé, un écriteau avec ces mots : « Je suis Ravachol et ma place est au Panthéon, et non chez Escourolle à la Pitié-Salpêtrière. » Le tout signé par un groupe de réhabilitation de l'anarchiste.

Pour comprendre qui est Ravachol, il faut remonter à la fin du XIXe siècle dans la région lyonnaise. Depuis ses 16 ans, François Koënigstein est ouvrier teinturier et collectionne les méfaits. Il chasse des poulets au pistolet, frappe de la fausse monnaie, se livre à la contrebande d'alcool, profane une sépulture pour quelques bijoux, cambriole des maisons vides et vit de larcins. Après avoir étouffé un homme d'Église ermite à la fortune camouflée, François est arrêté.

Il parvient à s'enfuir, rejoint Paris et prend le nom de sa mère, Ravachol. Anarchiste convaincu, il manifeste, écrit, milite. Pour venger des camarades qu'il juge injustement condamnés après une manifestation, il décide de s'attaquer au président de la cour d'assises, Edmond Benoît.

Le 11 mars 1892, une petite troupe menée par Ravachol prend le tramway, direction le 136, boulevard Saint-Germain. Une marmite contenant une bombe est cachée sous les jupons d'une comparse. Une fois arrivé, Ravachol dépose l'engin mortifère sur le palier du premier étage. Après qu'il a allumé la mèche, dévalé l'escalier et posé un pied sur le trottoir, la bombe explose. Les dégâts sont considérables. Mais Edmond Benoît sort indemne de son appartement du quatrième étage. Manqué.

Les jours suivants, l'ouvrier révolté attaque une caserne, l'immeuble où vit l'avocat général Bulot au 39, rue de Clichy, et le restaurant Véry où un serveur l'avait identifié et dénoncé quelques jours plus tôt. Arrêté, reconnu coupable et condamné au monte-à-regret. « Vive la Ré… » La lame de la guillotine a coupé court. « République », complétera le rapport d'exécution ; « Révolution », clameront les anarchistes. La tête dégringole dans le panier.

Sur la place du Panthéon, la demi-ciboule formolée vacille donc dans son bocal. En 2014, l'académicien Jean-Christophe Rufin avoue son forfait. Le trophée au formol, quarante ans plus tôt, c'était lui. Point de groupe anarchiste : une simple « blague de carabins », faite sur un coup de tête.

Le doigt dans l'engrenage

C'est au lycée Condorcet, dans le 9e arrondissement de Paris, qu'André Citroen, devenu Citroën au moment de son inscription pour une meilleure prononciation de son patronyme, se découvre une passion pour les sciences et les techniques. La construction de la tour Eiffel, les romans de Jules Verne et sa rencontre avec son camarade de classe et futur concurrent Louis Renault l'inspirent grandement.

Élève à Polytechnique, il profite des vacances de Pâques en 1900 pour se rendre à Varsovie et retrouver sa famille maternelle. Son beau-frère lui fait visiter l'une de ses minoteries et lui dévoile l'invention d'un client. Un engrenage à denture inclinée et symétrique. Idéal pour séparer les enveloppes du grain de blé et obtenir une farine plus fine. André comprend aisément les avantages de ces chevrons. La structure hélicoïdale offre un contact des dents plus long, un frottement réduit et un silence plus appuyé que les machines habituelles aux engrenages à taille droite. Une occasion en or pour se lancer comme industriel.

André s'empresse de racheter la licence du procédé et contacte des constructeurs de machines-outils américains. Leur savoir-faire et la précision de leurs instruments sont sans équivalent. Pour viser un rendement supérieur, le jeune entrepreneur exige une fabrication en acier. Après sa dernière année d'étude à Polytechnique, l'ingénieur devient industriel. La mort de son père, qui s'est défenestré alors qu'il n'avait que 6 ans, n'a pas totalement amputé la fortune familiale. Citroën investit alors une partie de son héritage dans la société d'engrenages Citroën, Hinstin et Cie, qu'il fonde avec ses amis du lycée, Jacques Hinstin et André Boas.

Les chevrons, dits aussi galons de caporal, sont un succès. S'enchaînent alors, dans une parfaite mécanique, les usines Mors, le quai de Grenelle, l'armement, le quai de Javel, la première auto… Et le logo de la marque automobile. Un ovale à deux chevrons.

Chewing-gum et prise d'otages

Dans un immense décor d'usine au sein des studios de Billancourt, un homme nu s'élance du haut d'un toboggan et file droit dans une cuve. Le cascadeur en ressort avec pour seul habit une mixture verte collante et épaisse. La fausse pâte à chewing-gum à base de farine de froment, de colorant et de glucose fait illusion. Il ne reste plus qu'à étudier ses effets sur la peau. Il faut éviter tout désagrément à Louis de Funès.

L'acteur tourne sous la direction de Gérard Oury les scènes de poursuite dans les coursives de l'usine Le Yankee, l'une des séquences phares des *Aventures de Rabbi Jacob*. Pour se protéger, de Funès porte une combinaison en plastique sous son pull et son costume.

Moteur, ça tourne, scène de la cuve, première… Action ! Le comédien finit sa course dans la mélasse. Couvert des pieds à la tête, il est nettoyé une heure durant. Scène de la cuve, deuxième. Rebelote. Toboggan, cuve, nettoyage. Scène de la cuve, troisième. Le réalisateur est ravi. Mais la pâte a un défaut. Sous la chaleur des projecteurs, elle sèche et durcit vite, très vite. Alors, avant chaque scène, les accessoiristes vident un seau de pâte fraîche sur la tête des comédiens. Il faut dix prises en tout pour venir à bout de la première séquence.

Le lendemain matin, Oury reçoit un coup de téléphone paniqué de son assistant. Pendant la nuit, la bouillie verte a débordé, et a envahi la fausse usine et les couloirs avoisinants. Le levain et la chaleur du plateau ont fait lever la pâte. Les pompiers sont appelés à la rescousse et 2 000 litres de pâte à chewing-gum sont confectionnés en urgence, avec cette fois un dosage de levain plus raisonnable. Le tournage peut reprendre et la séquence devenir culte.

Le jeudi 18 octobre 1973, le film sort sur les écrans et l'équipe assure la promotion. Le même jour, le Paris-Nice de 11 h 30 décolle d'Orly avec quinze minutes de retard. Parmi les cent douze passagers, une femme de 35 ans porte un vison et un sac en toile grise dans lequel jappe un petit griffon. Au-dessus du Massif central, elle s'absente un long moment aux toilettes. Elle en ressort armée d'un revolver factice et d'une carabine 22 long rifle.

Alerte sur la centrale nucléaire de Pierrelatte, les raffineries Shell de Berre et l'usine Dassault de Mérignac. Le Boeing 727-228 d'Air France est promis à un crash sur l'un de ces sites si les revendications de la pirate de l'air ne sont pas satisfaites. Une lettre est remise au commandant de bord sur laquelle sont rédigés un réquisitoire et une liste de revendications.

La jeune femme stigmatise l'égoïsme, l'argent, la politique. Et exige l'interruption de la circulation des véhicules à essence durant vingt-quatre heures en France, la création d'une œuvre franco-israélo-arabe de secours aux Palestiniens déshérités. Et surtout le retrait de l'affiche et la mise sous scellés du film *Les Aventures de Rabbi Jacob*, dans l'attente d'un dénouement du conflit israélo-palestinien. Car la guerre du Kippour a commencé depuis une dizaine de jours.

Le commandant de bord reçoit l'ordre d'atterrir à Marseille-Marignane, officiellement pour ravitaillement. Le trafic aérien est interrompu. Une fois l'avion au sol, la pirate de l'air consent à libérer les passagers. Le commandant de police Paul Caparos, qui dirige la mission de sauvetage, pénètre dans l'appareil costumé en bagagiste. La rencontre est intense. La mystérieuse femme finit par ouvrir le feu ; le flic riposte de quatre balles, dont une vient se loger dans la mâchoire, une autre dans le cœur de sa cible.

Le détournement est terminé et le film est un nouveau triomphe pour le duo Oury-de Funès. Pour le commandant Caparos, c'est une première : il a tué une femme. Il fond en larmes. Georges Cravenne aussi. Le publiciste le plus courtisé de la place de Paris, chargé de la promotion de *Rabbi Jacob*, pleure la mort de sa femme dépressive. Danielle, la pirate de l'air.

Mister Bean dans la lune

Quatre mois à peine après Armstrong, Aldrin et Collins : Conrad, Gordon et Bean. La deuxième équipe du programme Apollo à se rendre sur la Lune. Des milliers de touristes, 3 000 invités et le président Richard Nixon observent le pas de tir 39-A du Kennedy Space Center sous une pluie battante le 14 novembre 1969. À 11 h 22, Saturn V décolle.

Trente-six secondes plus tard, la foudre frappe la fusée. Les astronautes ne s'aperçoivent de rien ou presque. Une alarme se déclenche et les instruments de mesure s'éteignent. Seize secondes plus tard, deuxième impact. Les problèmes d'affichage persistent et le pire est à craindre. Mais Alan Bean parvient à corriger le dysfonctionnement. La mission se poursuit.

L'objectif est l'étude de l'environnement lunaire et la collecte d'échantillons. L'alunissage dans l'océan des Tempêtes est un succès. Bean doit filmer la sortie extravéhiculaire à l'aide d'une caméra de télévision couleur. Mais Houston ne reçoit aucune image. Et pour cause, l'astronaute a accidentellement abîmé le tube en pointant la caméra vers une source lumineuse un peu trop vive... le Soleil.

Le module lunaire blanc est devenu marron, la poussière est partout. Conrad plaisante en disant qu'ils ressemblent à « des mineurs de retour de la mine de charbon ». Les deux astronautes doivent désormais rejoindre Gordon, resté en orbite. Conrad propose à Bean de prendre les commandes durant quelques minutes. Mais Bean pousse le manche dans la mauvaise direction et fait tournoyer l'engin lunaire, heureusement sur la partie cachée de la Lune. Houston n'a rien vu. Enfin, le module de retour *Yankee Clipper* amerrit dans l'océan Pacifique de façon brutale. Une caméra 16 mm mal fixée vient alors percuter le front de Bean, qui s'évanouit, en sang. Plus de peur que de mal : la mission est une réussite et quatre autres suivront.

Une fois retraité, Alan Bean s'adonne à une nouvelle passion : la peinture. Les tableaux de ses missions spatiales sont inspirés par l'impressionnisme français et saupoudrés de poussière de Lune. Impression, soleil levant.

Capitaine au long cours

Nord-est du Maroc. Une région réputée improductive. Pourtant, en 1925, Jean Walter y fonde la société minière de Zellidja dans laquelle il investit 1 million de francs. Il doit vite se rendre à l'évidence : le terrain n'est pas exploitable. Plus à l'est, une terre semble regorger de zinc et de plomb, mais elle appartient à la Société de l'Oranie. Les mines marocaines n'étaient sûrement qu'un mirage onéreux.

Jean Walter doit trouver une solution. C'est ce qu'il a toujours fait. Les deux cités ouvrières qu'il a édifiées pour les manufactures Japy ainsi que l'immeuble Lion de Peugeot ont fait de lui un architecte en vue de la fin des années 1900. Il défend une approche sociale du logement. La cité coopérative Paris-Jardins à Draveil en 1909 et la Petite Alsace dans le 13e arrondissement de Paris trois ans plus tard en sont des exemples. Les pavillons entourant une cour arborée s'inspirent des cités-jardins anglaises et concilient les avantages de la ville industrielle, trop polluée, et ceux de la campagne verdoyante mais trop éloignée. Le tout pour une vie meilleure.

Influencé par le taylorisme et le fordisme, Walter rationalise aussi le fonctionnement de ses chantiers. De l'ingénieur au dessinateur, du chef de chantier à la secrétaire, chacun a une mission et s'y tient. En 1930, il se lance dans la réalisation d'un ensemble d'immeubles de luxe dans le 16e arrondissement de la capitale, où logeront vedettes fortunées et grands industriels.

Suivent les premiers hôpitaux construits en hauteur en France et directement inspirés des édifices hospitaliers américains. Jean Walter est au sommet.

Jusqu'à ce 10 juin 1957 où l'architecte est renversé par une voiture, alors qu'il se rend à son déjeuner dominical. Sa femme refuse toute ambulance, tergiverse et décide de l'emmener à l'hôpital dans sa propre voiture, accompagnée du docteur Maurice Lacour. L'amant de Madame. Walter meurt durant le trajet et certains y voient un assassinat. D'autant que la veuve place à la tête de la mine de Zellidja son propre frère.

Il faut dire que, entre-temps, Walter est devenu milliardaire. En 1926, l'apprenti industriel est parvenu à racheter les permis de la Société de l'Oranie. Après 1945, grâce à des partenaires américains, il modernise les installations et se construit un empire. Ses mines sont parmi les plus importantes au monde et les cours s'envolent. Dès 1950, 58 000 tonnes de zinc et presque autant de plomb sont extraites chaque année. Mieux qu'un mirage, une oasis.

D'une courte tête

La carrière de Jayne Mansfield file aussi vite que sa Buick Electra 225. L'actrice, son amant Sam, son chauffeur Ronnie et trois de ses cinq enfants quittent la ville de Biloxi dans le Mississippi après un show au Gus Stevens Supper Club et un dîner avec quelques amis. Ils prennent la route 90 pour moins de trois heures dc trajet le 28 juin 1967 au soir. Jayne est attendue au petit matin à La Nouvelle-Orléans pour une émission télévisée – un peu de publicité ne lui fera pas de mal.

Cela fait quelque temps maintenant que la blonde explosive fait fausse route, enchaîne tourments conjugaux, ecchymoses, LSD, champagne et pilules amincissantes... Elle se dit même persécutée par le diable. Dix ans ont passé depuis ses plus grands succès. Ce double de Marilyn Monroe, son éternelle remplaçante aux précieux atours, parfaite en blonde idiote, en écervelée jetée en pâture aux regards concupiscents de l'Américain moyen, chavire.

Seulement, derrière l'image et sous la perruque, Vera Palmer, son véritable nom, est une brune au QI de 163, une pianiste et violoniste aguerrie, qui maîtrise cinq langues. Un cerveau et une plastique corsetés dans des robes trop petites et une soif inextinguible de devenir une star oscarisée. Elle sait qu'il est déjà trop tard, mais elle s'accroche. Les productions de série Z, les spectacles burlesques dans des clubs et restaurants minables, et les inaugurations de supermarchés s'enchaînent.

Les villes aussi, en cette chaude soirée. Mississippi City, White Kitchen... Une pause dans une station-service, Jayne demande à son fils de passer sur la banquette arrière par sécurité. À l'approche du pont du Chef menteur, à 2 h 25, Ronnie est aveuglé par un nuage d'anti-moustique pulvérisé par un camion. Il s'aperçoit trop tard que le semi-remorque qui le précède freine. La Buick s'y encastre à 130 kilomètres-heure.

Le toit est déchiqueté, les crânes des adultes écrasés, les enfants épargnés. Effarement et scandale dans la presse : Jayne Mansfield a été décapitée. Il n'en est rien. Sa perruque blonde, qui recouvrait un crâne dégarni par les teintures à répétition, a simplement fini accrochée au pare-brise.

L'agence gouvernementale pour la sécurité routière surfe sur la vague et prône une nouvelle mesure : la mise en place obligatoire d'une protection anti-encastrement à l'arrière de chaque poids lourd. La barre d'acier ICC, plus communément appelée « barre Mansfield ». Une certaine manière de passer à la postérité.

Le tube de l'été

Les serveurs ont encore planté. La deuxième fois depuis la veille. Sans doute la chaleur de ce mois d'août 2006, où le soleil écrase doucement les entrepôts au toit blanc d'Universal Tube & Rollform Equipment, non loin de Detroit. Les affaires de l'industriel américain, fabricant de tubes, tuyaux et machines de roulage, se portent bien. Jusqu'à ces pannes répétées.

Ralph Girkins et ses dix-sept salariés ne parviennent pas à en identifier la cause. La situation devient préoccupante. À la fin du mois, le site web de l'entreprise sature totalement avec près de 68 millions de connexions. C'est à n'y rien comprendre, d'autant que les commandes ne suivent pas...

À 3 800 kilomètres de là, en Californie, Chad Hurley, Jawed Karim et Steve Chen travaillent d'arrache-pied pour faire de leur projet une réussite. Leur société existe depuis un an et demi maintenant et commence à prendre de l'ampleur. Leur idée de départ consistait à créer une plate-forme de rencontres où les internautes exposeraient leur vie en vidéo. Le nom de domaine youtube.com est déposé le 14 février 2005, pour la fête des amoureux. Cinq jours plus tard, toujours aucun abonnement. Les trois petits génies décident alors d'ouvrir leur site à tout type de vidéos et, au fil des mois, le nombre de connexions grimpe. En juillet 2006, youtube.com totalise 100 millions de vues par jour.

Utube.com, le site web d'Universal Tube, est lui aussi assailli. Les courriers électroniques destinés à l'hébergeur de vidéos californien arrivent par centaines chez le fabricant de tubes installé dans l'Ohio. Le coût d'hébergement du site de la petite entreprise augmente considérablement et Ralph Girkins affirme perdre de nombreux clients. Pas question de se faire entuber.

En novembre 2006, Universal Tube poursuit le Californien en justice : utube.com *vs.* youtube.com. Il exige l'interdiction totale d'utiliser le nom youtube.com ou l'obligation pour la start-up de lui acheter un nouveau nom de domaine. Girkins fait valoir que son site, créé le 25 octobre 1996, existait bien avant celui de son homonyme.

Un an plus tard, les deux parties trouvent finalement un accord. Universal Tube change son adresse web en utube-online.com. Et conserve l'originale, utube.com, où apparaissent désormais des photos et des liens sur les stars du moment sous la bannière de la société. Ce qui lui assure de confortables revenus publicitaires. *Business is business.*

À plate couture

À la lueur d'une lampe à pétrole, Isaac se retrousse les manches. Acteur sans talent peut-être, mais mécanicien hors pair. Époux tyrannique sans doute, mais inventeur révolutionnaire. Il a déjà à son actif une machine à forer la roche et le métal, dont il a vendu les plans pour plus de 2 000 dollars. Avec ce pactole, il améliore une invention balbutiante.

Le 12 août 1851, le brevet 8294 révolutionne l'industrie dans bien des domaines. Alors que les versions existantes possédaient un bras incliné, qui limitait le champ d'action, et une manivelle peu pratique, la machine à coudre d'Isaac Merritt Singer est équipée d'un bras libre et d'une pédale. Encastré dans une table, l'instrument soutient même l'étoffe à travailler.

Second atout, la publicité. Singer dépense sans compter pour promouvoir sa trouvaille : « Offrez-vous sa machine de 75 dollars à crédit ! » Une première. Il ne demande qu'un acompte et « deux citoyens respectables » pour se porter garants. La fidélisation est assurée et le chiffre d'affaires triple. L'inventeur est aussi le premier à proposer un service après-vente. Remplacez les pièces défaillantes plutôt que toute la machine ! Quelles économies... et quel succès ! En 1899, Singer en vend un million par an. Des campagnes publicitaires démesurées, des franchises sur toute la planète...

The Singer Sewing Machine Company devient l'une des premières multinationales américaines. Bien sûr, ces changements ne sont pas sans conséquences. Les fabricants artisanaux disparaissent pour laisser place à des usines ultramodernes, mais de fortes perturbations sociales permettent l'apparition de syndicats et une législation plus stricte sur le travail des ouvriers.

Cependant, ce sont les frasques du patron qui inquiètent le plus son associé Edward Clark. Il faut dire qu'Isaac ne fait pas dans la dentelle. L'une de ses maîtresses, le surprenant au bras d'une autre, devient folle de jalousie et l'entraîne dans un procès pour violences conjugales. Sa compagne le fait arrêter pour bigamie. Singer s'enfuit et la presse s'acharne. Scandale et révélations : l'entrepreneur a multiplié les conquêtes, des dizaines ; les familles, trois ; les enfants, dix-huit. Rejeté par l'élite new-yorkaise, il part finir ses jours en Angleterre. Juste avant son départ, Edward Clark, inquiet de voir l'entreprise décousue par les descendants du fugitif, en modifie les statuts et devient propriétaire majoritaire du capital. Sur le fil.

Coucou de Paname

Midi sonne. Parti d'Issy-les-Moulineaux, Jules Védrines gagne maintenant le carrefour de la Chaussée-d'Antin. Si les rues sont dégagées en ce dimanche 19 janvier 1919, le ciel parisien est brumeux. L'aviateur a pourtant accepté le pari : il est certain de poser son Caudron III sur le toit des Galeries Lafayette et sa mini-piste de 28 mètres de longueur pour 12 de largeur. La presse s'est massée sur la terrasse du bâtiment de la Société générale situé en face pour ne rien rater de l'exploit. Ou du drame.

C'est justement sur les toits de la capitale que Jules a passé son enfance et son adolescence. À suivre paternel et frangins, couvreurs. À perte de vue, lucarnes, cheminées, gouttières et toits en pente – Jules apprend le métier, malgré lui. Seule échappatoire, le ciel. Agile, il n'est pourtant pas fait pour voltiger sur les ardoises et rêve de plus grand, de plus haut. Tour à tour plombier, copiste, commissionnaire, garçon crémier, garçon boucher, explorateur de pacotille sur les routes de France, tourneur mécanicien, fraiseur... la vie en usine lui inculque les bases de la mécanique et le rythme des machines. La passion des avions le gagne.

Engagé chez le constructeur aéronautique Antoinette, il boulonne. Un premier pas. Viré pour avoir cassé un tour d'usinage, il embauche chez le fabricant de moteurs d'avions Gnome. Le voilà ajusteur, puis metteur au point. Et c'est à force de volonté qu'il devient mécanicien moteur pour Farman. Avant de miser sa petite fortune dans une formation de pilote. Une formalité validée le 7 décembre 1910.

À 29 ans, Védrines est un as : il remporte la course Paris-Madrid, bat un record de vitesse, devient le sujet d'un film et enchaîne les missions périlleuses durant la Grande Guerre où il dépose et reprend des espions derrière la ligne de front. Un héros.

Cette fois, l'affaire est corsée, Jules le sait. Le toit des Galeries Lafayette n'a rien d'une piste d'atterrissage habituelle. Il doit d'abord passer le premier garde-fou haut d'un mètre, atterrir et s'arrêter avant la chute, 28 petits mètres plus loin. Cinq costauds s'apprêtent à freiner l'avion de leurs seuls bras au moment où les roues toucheront le sol. Le Caudron apparaît aux yeux des spectateurs, s'aligne, approche… et percute la rambarde. Mais celle située de l'autre côté du toit, qui stoppe l'atterrissage. Pari tenu ! Un nouveau succès pour le voltigeur des airs !

La figure du père

Artistes, à vos crayons ! Une nouvelle décennie commence, et avec elle le renouveau des modèles Renault. La Régie est en quête d'un logo plus moderne, plus stylisé, pour ces années 1970. La place de Paris se presse, une multitude d'ébauches émanent d'agences de publicité et de bureaux de design. Toutes sont rejetées et le projet tourne en rond.

La Régie reste attachée à son symbole phare, le losange. Il s'imposait en 1925 et remplaçait définitivement ses prédécesseurs qu'étaient le double R, la face avant d'une voiture au centre d'une roue dentelée, le char léger et, enfin, les grilles horizontales de l'avertisseur sonore. Le quadrilatère durant quarante ans.

Désormais, la simplification prime. Le losange toujours, mais dénué de tout décorum. Un choix est alors fait, par défaut, parmi les centaines d'idées qui ont été soumises. La figure géométrique apparaît en creux, dans une large plaque de métal lisse, elle-même en forme de losange et comme aplatie. Simple et efficace, elle s'installe sur les premiers modèles de R5, R15 et R17. Seulement, le sous-traitant Kent voit là plagiat. Ce n'est ni plus ni moins que son symbole pivoté de 90 degrés. L'entreprise contacte Renault et demande l'arrêt immédiat de l'usage du logo litigieux, sans succès. Kent attaque en justice, Renault perd, fait une croix sur sa trouvaille et rappelle les modèles déjà vendus. La commande est relancée. Le cahier des charges est simple et carré : conserver le losange et retrouver les rayures du précédent logo pour assurer une continuité graphique.

En 1972, le créateur Yvaral s'enferme trois semaines durant dans son atelier. Il imagine, conceptualise, conçoit et propose. Une quarantaine de variantes, réalisées en différents formats, en positif et en négatif. Le travail, supervisé par son père, Victor Vasarely, plaît à la direction de Renault. L'un de ses dessins, épuré et dynamique, est retenu « sans la moindre discussion ni correction ». Un succès prêt à marquer les années 1970 et 1980. Très vite, le logo est attribué à Vasarely père. Le nom d'Yvaral, lui, se perd dans la spirale de la postérité.

Le bon, le brut et le truand

Christopher Fay n'en croit pas ses yeux. Ce 5 septembre 1995, le président de Shell UK tient entre ses mains une lettre d'excuses. Elle est signée de son meilleur ennemi, lord Peter Mond, baron Melchett, directeur exécutif de Greenpeace. La guerre va-t-elle reprendre ?

Cinq mois plus tôt, le 30 avril 1995, en mer du Nord, un bateau approche de la plate-forme de stockage de pétrole BrentSpar. Plusieurs hommes en rouge accostent, grimpent à l'échelle et déploient un drapeau « Sauvez nos océans ». Une première victoire pour les membres de Greenpeace, qui s'installent plusieurs semaines durant sur la plate-forme pour alerter l'opinion. Et forcer Shell à renoncer à son projet de couler cette tour de fer en pleine mer.

« Une bombe à retardement toxique » dans laquelle stagnent 130 tonnes de déchets toxiques et 5 500 tonnes de pétrole, selon l'organisation écologiste, qui cherche le soutien du gouvernement britannique. Shell dément et assure que le monstre a été vidé de son or noir en 1991 lors de sa fermeture. Et que le sabordage reste la meilleure solution.

Le Premier ministre britannique de l'époque, John Major, refuse de prendre position, avant de soutenir le pétrolier et ses experts scientifiques qui, tous, affirment qu'il s'agit là d'une solution plus sûre et plus économique que le démantèlement à terre.

L'affaire prend de l'ampleur. Les stations-service de la firme anglo-néerlandaise sont boycottées en Allemagne et aux Pays-Bas. Plusieurs ONG s'en mêlent et l'industriel devient l'ennemi public numéro un. Shell Allemagne perd 35 millions de francs chaque jour. Le chancelier Helmut Kohl presse alors John Major de renoncer au projet. Le 20 juin, contraint, Shell UK annonce le remorquage et le démantèlement de la plate-forme. Greenpeace a gagné.

Pourquoi, alors, ces excuses quelques mois plus tard ? Dans sa lettre, l'ONG reconnaît des calculs inexacts dus à des prélèvements effectués « dans le conduit menant aux réservoirs de stockage et non dans les réservoirs eux-mêmes ». Greenpeace fait amende honorable et prend surtout les devants. Car un rapport de Bureau Veritas, sur le point d'être publié, donne raison à Shell UK et met en lumière les estimations trompeuses de l'organisation. Finalement, les deux parties y trouvent leur compte. Greenpeace conserve son honneur et Shell invite son adversaire à participer à une réflexion sur la protection de l'environnement, histoire de verdir son image. La paix des braves.

Médecin sans frontières

D'abord médecin de famille, Wilhelm Molly devient le docteur en chef de la compagnie minière Vieille Montagne. Cet amateur de philatélie et défenseur de l'espéranto est populaire pour avoir éteint une épidémie de choléra. En 1885 lui viennent des rêves de grandeur pour Moresnet, un petit territoire à la position délicate sur la carte de l'Europe.

Soixante-dix ans plus tôt, Napoléon est défait. Le congrès de Vienne de 1815 dessine les nouvelles frontières d'un Vieux Continent épuisé et voit deux pays s'y disputer la municipalité de Moresnet et son petit trésor souterrain. La plus grande mine de zinc d'Europe.

Les négociations sont rudes, mais une répartition est finalement trouvée. À l'ouest, la zone revient aux Pays-Bas, tandis que le sud et l'est vont à la Prusse. Entre les deux, la terre tant convoitée prend la forme d'un triangle de 350 hectares. Et devient un territoire neutre, administré conjointement par deux commissaires royaux dépêchés par chaque nation. À son extrémité nord, la colline Vieille Montagne domine la vallée et les installations minières.

En 1837, de nouveaux exploitants lancent la Société des mines et fonderies de zinc de la Vieille Montagne. Entre-temps, la Belgique acquiert son indépendance et récupère *de facto* les droits sur la zone ouest. En vingt ans, la population passe de 500 à plus de 2 500 habitants.

L'entreprise tire bénéfice de cette situation, ne payant pas de droits de douane sur les importations. Les ouvriers aussi. Apatrides, ils ne sont soumis à aucun service militaire, leurs impôts y sont moins élevés que dans les pays voisins et ils profitent d'une kyrielle d'avantages : caisses d'épargne, de secours et de prévoyance, soins médicaux, pensions, indemnités chômage, taux immobiliers réduits...

Après que 1,15 million de tonnes de zinc en ont été extraites, la mine s'épuise en 1885. Et, avec elle, la nécessité de conserver un territoire neutre.

Devenu adjoint au maire, Molly entend bien faire de Moresnet Neutre une micro-nation, avec son propre service postal et sa langue officielle, l'espéranto. Projet vite anéanti par les autorités belges et allemandes. Les tensions reprennent de plus belle sur la souveraineté du triangle d'or, que seules les deux guerres mondiales départageront à maintes reprises. Et, finalement, Vieille Montagne se fondra dans la Belgique victorieuse. L'union faisant la force.

Vin, cocaïne et sucre

Un « vin de jeunesse » qui « réveillerait les refroidis » et offre une « porte sur l'infini » selon Émile Zola, Alexandre Dumas, Arthur Conan Doyle, le maréchal Foch, le pape Léon XIII... Ils sont tous des consommateurs comblés du vin Mariani. La passion pour la feuille de coca fait d'Ange Mariani un industriel richissime et rend ses clients accros.

La recette du « plus puissant des toniques » est simple. Soixante grammes de feuilles de coca sont macérés dans du cognac, puis dans du vin de Bordeaux, avec une pincée de sucre. Cinq francs la bouteille de cinquante centilitres. La pharmacie de Mariani, située boulevard Haussmann à Paris, ne désemplit pas et bientôt son usine de Neuilly-sur-Seine tourne à plein régime, alimentée par ses serres et leurs abondantes floraisons. Il faut dire que le breuvage est un remède contre toutes sortes de maux : fatigue, grippe, anémie, impuissance...

Promue par les dessins d'Albert Robida dans *La Revue parisienne*, la boisson est un succès, traverse la Manche, puis l'Atlantique, et parvient jusqu'à l'entourage d'Ulysses

S. Grant. Atteint d'un cancer de la gorge, l'ancien président américain rédige avec peine ses Mémoires. Mais l'élixir apaise ses souffrances et lui permet d'achever son récit pendant quelques jours, avant de laisser ses guêtres. Thomas Edison, lui, dit y puiser sa force de travail.

À Atlanta, John Pemberton imagine une mixture réalisée avec le vin français et quelques ingrédients de son cru pour se débarrasser de son addiction à la morphine. C'est là encore un succès. Entre les pilules Triplex pour le foie, du sirop contre la toux et une teinture pour les cheveux, le French Wine Coca du pharmacien devient une référence locale dès 1886.

Seulement, le maire de la ville décide d'expérimenter la prohibition deux ans durant, rendant illégal le breuvage alcoolisé. Pour continuer à en faire commerce, Pemberton doit donc changer sa formule, sans l'ivresse. L'apothicaire s'adjoint les services d'un ami pour perfectionner la potion. *Exit* l'alcool, place à 8,46 milligrammes de cocaïne mêlés à un sirop de sucre et à de l'eau gazeuse. Leur associé Frank Robinson dessine le logo et trouve le nom du nouveau cocktail, simple et percutant : Coca-Cola.

That's all folks

Un fermier. Sur une page entière, le magazine américain *Rolling Stone* rend hommage à un fermier de l'État de New York, décédé une semaine plus tôt. Chaque lecteur de ce numéro du 15 mars 1973 comprend pourquoi Max Yasgur a droit à un tel honneur.

« On va te brûler, toi et ta ferme ! » Quatre ans plus tôt, Max reçoit des coups de fil comme celui-là plusieurs fois par jour depuis qu'il a accepté de louer ses 320 hectares de pâturages pour un festival de musique rock & folk, à Bethel. À la tête d'un troupeau de 650 vaches laitières, le fermier est le plus grand producteur de lait du comté de Sullivan. Il a beau être un républicain convaincu, il est ravi de voir la jeunesse se distraire et remettre en cause la politique militaire de Nixon. Et il a besoin de ce que va lui rapporter la location de ses terres après une année si humide, qui a entamé la récolte de foin.

Mais sa décision passe mal auprès de ses voisins. Voir débarquer 50 000 jeunes beatniks n'a rien de très rassurant. Antipatriotisme, musique de chevelus, alcool, drogue, sexe, violence... On craint le pire. Mais Max fait confiance aux organisateurs. Les quatre garçons dans le vent sont deux investisseurs millionnaires et deux jeunes producteurs qui souhaitent reproduire leur précédent succès tout en touchant un petit pactole au passage. Ils ont publié une annonce dans *The Wall Street Journal* pour trouver un lieu. Après deux refus, ils ont découvert les terres de Max, les mêmes qui avaient servi de champ de bataille lors de la guerre de Sécession. La résistance locale s'organise. Les panneaux « Pas de hippies ici ! » et « N'achetez plus le lait de Max ! » fleurissent.

Mais, entre le 15 et le 18 août 1969, la manifestation a bien lieu. Elle est baptisée festival de Woodstock, alors que nous sommes bien loin de la ville d'artistes du même nom, et devient un événement musical majeur. La jeunesse débarque en masse et des embouteillages démesurés se forment sur la route 17B. C'est finalement plus de 450 000 personnes qui assistent aux prestations de Joplin, Cocker, Baez, Hendrix... Max Yasgur monte sur scène et remercie cette foule immense qui le célèbre.

Cinq mois plus tard, le laitier est poursuivi en justice par son voisinage pour les dommages collatéraux. À l'issue du procès, il leur verse 35 000 dollars de dédommagement, tout en étant aidé financièrement. Avant de vendre sa laiterie et de partir se la couler douce au soleil de Floride. Jusqu'à sa mort, quatre ans plus tard à 53 ans, où *Rolling Stone* dit adieu au « père de Woodstock ».

Le dernier métro

L'empire vacille. Paul et Albert Reichmann, magnats canadiens, sont à la tête de la première firme mondiale de développement immobilier. Après leurs succès de Toronto et de New York, ils sont contactés par Margaret Thatcher en personne. Madame le Premier ministre ne prend pas de gants et s'entretient de longues heures avec Paul, au 10 Downing Street, où elle lui présente son plan pour redynamiser le quartier de Canary Wharf. Elle exige qu'il en devienne le grand argentier.

Après une période prospère d'activité portuaire, les docks ont périclité, appauvrissant le secteur, promis un jour à la réhabilitation. Plusieurs bâtiments ont été incendiés et détruits pour les besoins du tournage de *La Bataille d'Angleterre* en 1969.

Thatcher compte offrir une alternative à la City, qui étouffe sous les contraintes d'urbanisme, les loyers à la hausse et des espaces trop étroits. Le projet vise à revitaliser 38 hectares de cette zone située à l'est de Londres, baptisée l'île aux Chiens, grâce à vingt-quatre immeubles de bureaux.

Mais un obstacle majeur subsiste et a déjà refroidi plusieurs investisseurs : aucun métro ne rejoint ce coude de terre que contourne doucement la Tamise. Un détail pour Thatcher, qui promet à Reichmann que la Jubilee Line sera prolongée à temps pour transporter les milliers de salariés chaque matin.

Les frères sont séduits et injectent la somme de 5 milliards de dollars *via* leur société Olympia and York. Plans et maquettes sont conçus et le plus grand chantier au monde commence. En vedette, la One Canada Square, la plus haute tour de Grande-Bretagne, est inaugurée par le prince Philip en personne en août 1991.

Mais, derrière le faste, les étages restent désespérément vides. La ligne de métro n'a pas gagné une seule station et le marché immobilier mondial connaît une récession. Lumières et lasers sont installés sur la tour lors des fêtes de Noël pour faire vivre le quartier, montrer à tous qu'il existe. Sans grand succès. Reichmann est bien seul sur son île. Les dettes d'Olympia and York s'accumulent et atteignent 20 milliards de dollars. Les quatre-vingt-dix banques impliquées, inquiètes, se découragent et l'entreprise fait faillite.

Paul Reichmann n'a pas dit son dernier mot. Trois ans plus tard, à travers un consortium, soutenu par un groupe de financiers à nouveau séduits, il reprend le contrôle de Canary Wharf. Les locataires affluent enfin, les stations de métro ouvrent et le projet devient rentable. En 2005, Reichmann n'a plus qu'à revendre le tout et à renflouer ses caisses. Thatcher, elle, n'est plus au pouvoir depuis bien longtemps.

Hors norme

« Je vous souhaite la bienvenue dans cette vénérable maison qu'est l'Association française de normalisation. Vous serez à l'essai trois mois durant au service de la verrerie contre un salaire, confortable disons-le, de 4 000 francs mensuels. » C'est sur ce ton paternaliste qu'Ernest Lhoste accueille le jeune Boris Vian à Paris, rue Notre-Dame-des-Victoires, à l'été 1942.

À ceux qui se sont étonnés que le jeune homme suive des études d'ingénieur plutôt qu'un cursus artistique, Boris a toujours répondu que l'art ne s'enseigne pas. « J'aurai toujours un métier pour vivre. » Il met donc en pratique les leçons du paternel dans le royaume de la mécanique et de la chimie qu'est l'École centrale.

Marié et père d'un petit garçon, l'apprenti poète poursuit une vie joyeuse faite de musique et de surprises-parties. Le jour, l'ingénieur se contraint à l'étude des dimensions des bouteilles de verre et de leur goulot. Mais, très vite, l'élaboration de nouvelles normes l'ennuie. Au point d'imaginer des règles incongrues comme une « Gamme d'injures normalisées pour Français moyen », qu'il classe selon les corps de métiers qui le rebutent : militaires, ecclésiastiques…

Il sait que le temps lui est compté. Écrire, sortir, Vian profite. Dans les caves, le zouave jazze, trompette, orchestre, swing, dancing, Vian joue. Poésie, Paris, théâtre, Sartre, Vian écrit. Saint-Germain, copains, Le Procope, hop hop hop, Vian se presse. Il dit qu'il ne dépassera pas les 40 ans, son cœur fatigue. Alors le voilà déserteur. Au bureau, il s'échappe dans la rédaction de son premier grand roman, *L'Écume des jours*, au dos des imprimés de l'entreprise.

En février 1946, Lhoste, le « sinistre emmerdeur », le licencie. À moins que Boris ne démissionne. Son copain Claude Léon le fait embaucher à l'Office du papier, où il doit surveiller le bon respect des règles techniques. Encore des protocoles. Il y achève son roman et écrit le suivant. Viendront les succès, les chansons, les pseudonymes, les amours, les déconvenues.

Jusqu'au 23 juin 1959, où Bison Ravi succombe à une crise cardiaque durant la projection de *J'irai cracher sur vos tombes*. À 39 ans. À 10 h 10. L'heure à laquelle les aiguilles des montres sont bloquées dans les vitrines pour que l'on puisse lire correctement la marque. Une norme internationale.

Bonnie and Clyde and le traître

« Cher Monsieur, tant que je respire encore, je peux vous dire quelle voiture formidable vous avez conçue. Je n'utilise que des Ford quand je dois m'enfuir. Grâce à sa vitesse de croisière et à sa fiabilité excellente, elle a tout ce qui manque aux autres voitures. Et le fait que mes activités ne soient pas des plus légales ne m'empêche pas de vous féliciter pour cette belle berline V8. »

Cette lettre du 10 avril 1934 combine sincérité et provocation. Entre deux planques, le bandit le plus recherché des États-Unis remercie l'industriel Henry Ford. Il faut dire que Clyde Barrow a deux bonnes étoiles dans la vie. Sa Bonnie et la Ford V8. Ou plutôt les Ford V8, que lui et sa compagne volent au gré du courant. La complice idéale. L'assurance de semer ses poursuivants sans tracas.

Brétailleurs comme pas deux, Bonnie et Clyde enchaînent les braquages, les dollars s'envolent et les policiers tombent comme des mouches. Très vite, le compteur monte à sept meurtres. Le mythe grandit. Plus célèbres que jamais, Bonnie et Clyde font évader leur acolyte Ray Hamilton du pénitencier d'Eastham Farm. Des comparses, des armes cachées, un gardien tué, Bonnie au volant… La petite bande prend la poudre d'escampette. Un tour de force et une vengeance sur cette prison difficile dans laquelle Clyde a passé deux ans.

Nouvelles banques dévalisées, encore et encore. Désormais, c'en est trop, les Américains demandent que l'on arrête ces dangereux hors-la-loi. Les polices de tous les États du pays sont maintenant à leurs trousses. Leurs familles les supplient de se rendre. Humilié, le directeur de la prison d'Eastham Farm engage Frank Hamer. Sa besogne est simple : les avoir, morts ou vifs.

Au matin du 23 mai 1934, le Texas Ranger et ses hommes sont en embuscade derrière des buissons sur la route de Bienville Parish, en Louisiane. Il ne faut pas les rater… Les voilà ! Ce sont eux, c'est sûr ! Tout va très vite. Un déluge de feu s'abat sur la berline et les deux gangsters. Clyde, touché à vingt reprises, meurt sur le coup. Bonnie, après un cri déchirant et vingt-six impacts de balles, succombe à son tour. Il n'aura fallu que quinze petites secondes pour faire de la Ford un tombeau et éliminer les ennemis publics numéro un. Ce qui a trahi les amants criminels ? Le bruit si typique du moteur V8 de leur chère Ford.

Docteur Jekyll et M. Hyde

Sur une simple planche à pain, la longue lame tranche une fine lamelle rose clair, tandis que deux mouches papillonnent. Le docteur Harvey dépose à mains nues la portion dans un petit flacon rouge rempli de formol et l'offre au professeur Kenji Sugimoto, qui bourdonne de plaisir. Dans ce documentaire de 1994, le scientifique japonais retrouve le cerveau d'Einstein.

Alors qu'il travaille sur un discours qu'il doit prononcer pour la télévision, Albert Einstein est frappé d'une rupture d'anévrisme. Admis au Princeton Hospital, il succombe le lendemain, au petit matin du 18 avril 1955. Très vite, le pathologiste Thomas Harvey réalise l'autopsie. Grand admirateur du maître, le médecin y voit un honneur. Et sans doute une belle opportunité. Sans l'aval de la famille, il laisse à un ophtalmologiste maison le soin de prélever les yeux et se charge d'extraire le cerveau pour l'étudier… et enfin comprendre le génie du physicien le plus célèbre au monde. La postérité s'ouvre à lui.

La pesée indique 1 230 grammes, à peine plus léger que le cerveau du premier venu. Harvey s'ingénie alors à disséquer l'encéphale en deux cent quarante morceaux qu'il photographie et répertorie soigneusement. N'étant pas neurologue, il compte faire appel à des spécialistes capables d'étudier chaque fraction de l'objet. Mais quand la famille apprend ce qu'il a fait, Harvey est renvoyé de Princeton, qu'il quitte ses précieux bocaux sous le bras. Il décide de cacher son butin dans le sous-sol de sa maison, puis s'en va sillonner les États-Unis, déménageant au Kansas, au Missouri, avant de revenir des années plus tard dans le New Jersey. Il conserve trois bocaux, quelques lamelles, et vend certaines parties à des collectionneurs.

Scène finale ahurissante dans le documentaire de 1994, le professeur Sugimoto brandit fièrement le petit bocal rouge sur la scène d'un minable karaoké. La véracité des images est remise en doute par certains. En revanche, nombre d'universitaires et de spécialistes ont réellement étudié le cerveau d'Einstein et décelé l'absence d'une portion du sillon latéral, et une hypertrophie de la partie inférieure des deux lobes pariétaux, qui sont de 15 % plus gros que la normale... Les instructions d'Einstein étaient pourtant claires. Son corps devait être incinéré et ses cendres dispersées dans le fleuve Delaware, « pour que personne n'idolâtre mes ossements ». En omettant d'évoquer le sort de son cerveau.

Le silence est d'or

Mais que ce début d'année 1932 est rude dans la capitale ! La moindre goutte d'eau se transforme en cristaux de glace. Habillé d'une veste épaisse, le prévenu s'assoit sur le banc de la onzième chambre correctionnelle du tribunal de Paris. On accuse le petit homme moustachu au front dégarni de ne pas vouloir livrer son secret.

La rumeur court depuis un moment : Jean Dunikowski a trouvé la formule miracle pour fabriquer de l'or. Sa machine provoquerait des radiations électrochimiques inconnues, les rayons Z, entraînant une désagrégation de la matière traitée et l'apparition du précieux métal.

Les journaux s'emparent de la nouvelle et il devient bientôt une bête de foire. Ou bien un génie sur le point de révolutionner la science moderne, ou bien un brillant imposteur à moitié fou. Quant à la plupart des scientifiques, ils rejettent la découverte de l'apprenti alchimiste. Et certains d'expliquer que la transmutation moléculaire est possible, puisqu'elle existe dans la nature, mais prend plusieurs siècles et non quelques minutes sous l'effet d'un rayon. D'autres rappellent que cette mutation est généralement néfaste à la matière étudiée, qui se trouve toujours dégradée, jamais améliorée. Donc une découverte douteuse.

Pourtant, l'ingénieur a convaincu des banques de financer son laboratoire. Or, face aux résultats peu probants, les investisseurs s'impatientent et le juge Ordonneau lance une expertise. Léon Guillet, le directeur de l'École centrale, est désigné comme juge impartial et sommé d'accueillir l'expérience en son établissement. Certains s'en étonnent puisque ledit Guillet est aussi administrateur de la Compagnie de mines et minerais. Y aurait-il conflit d'intérêts ?

Dunikowski se met à la tâche, sous le regard du juge, du directeur, d'experts judiciaires et de savants. On observe, on murmure, on s'interroge surtout. Les témoins sont loin d'être conquis. Seul Guillet hésite. Quelques résidus seraient présents dans la coupelle. Mais Dunikowski refuse catégoriquement de lever le mystère. Confronté aux atermoiements des experts, le juge tranche. L'alchimiste est condamné à une peine sévère : une forte amende, la saisie de sa villa sur la Côte d'Azur et deux ans de prison ferme. N'est pas Midas qui veut.

La vie en roses

« Mignonne, allons voir si la rose / Qui ce matin avait déclose / Sa robe de pourpre au soleil... » Les roses... Oh, les robes ! Cela a beau être son dernier jour, Jules Gravereaux tient à ce que tout soit impeccable sur les étals. Ce 31 juillet 1888, l'heure de la retraite a sonné. Riche, Jules dit adieu au Bon Marché.

C'est comme apprenti chez le mercier et bonnetier Caillaut de la rue du Bac, à Paris, que Jules Gravereaux, 12 ans, apprend le métier. Deux ans plus tard, il change de crémerie pour intégrer la mercerie des Boucicaut, Au Bon Marché. Le voilà vendeur dans ce qui deviendra un grand magasin. Aristide et Marguerite Boucicaut innovent en proposant l'assortiment le plus complet de linges, des prix fermes, une mise en scène des produits et une kyrielle de vendeuses et de vendeurs pour conseiller les chalands.

Plus tard, Jules devient chef du rayon gants, ombrelles et éventails. Il y développe son sens du raffinement et du détail. Mais aussi celui de l'organisation. Il dispose d'un budget, gère l'embauche et le renvoi de son personnel, fixe les prix, invente l'étiquetage et la semaine du blanc. Les responsabilités sont importantes, le salaire aussi. Il gagne la somme confortable de 11 000 francs en 1872. Surtout, il place une partie de ses économies sur un compte de la maison à l'intérêt avantageux de 6 %. Très vite, Jules touche aussi un pourcentage sur les bénéfices du magasin. Ses objectifs sont toujours atteints, souvent dépassés.

À la mort d'Aristide Boucicaut, sa veuve transforme Au Bon Marché en association coopérative dans laquelle certains employés injectent de l'argent. Marguerite souhaite conserver et même renforcer l'esprit d'une grande famille. Désormais « associé commanditaire », Jules achète quatre parts, puis sept. Les années passant, sa fortune grandit. À la mort de Marguerite, toutes les parts sont revendues et Jules touche le pactole.

« ...A point perdu cette vesprée / Les plis de sa robe pourprée / Et son teint au vôtre pareil. » L'art délicat des roses sera l'objectif de la nouvelle vie du retraité de 44 ans. Jules se consacre à la création d'une roseraie dans une immense propriété qu'il acquiert à L'Haÿ, dans le Val-de-Marne, et devient un rhodologue reconnu. Parmi les fleurs qu'il élabore, on compte les roses Madame Ricois, Tiret, Fillot... des noms de ses anciens collaborateurs. En 1914, en l'honneur de ce travail, la ville est rebaptisée L'Haÿ-les-Roses.

Coke en stock

Le soleil de midi tape sur le chantier. Les caisses venues d'Europe s'entassent, là, au fin fond de la Bolivie. Et la déception est grande. Les chapeaux melons destinés aux ouvriers de la British Railway, pour leur assurer une protection contre l'insolation et les accidents, se révèlent bien trop petits.

Quelques décennies plus tôt, à plusieurs milliers de kilomètres de là et dans une atmosphère plus fraîche, le jour décline. Sur le domaine de Holkham Hall, dans le Norfolk, les gardes-chasses font leur rapport à Edward Coke. Le frère cadet du deuxième comte de Leicester s'agace de voir l'un d'entre eux le visage une nouvelle fois égratigné et le couvre-chef amoché. Sa décision est prise.

Le 25 août 1849, il se rend à Londres chez Lock & Co. Hatters, le plus ancien chapelier du monde. Coke souhaite remplacer les hauts-de-forme de son personnel qui se prennent dans les branchages trop bas et supportent mal les violents coups des braconniers. Sa commande est simple, il veut un chapeau moins haut et plus solide.

Thomas Bowler, le fabricant en chef de la maison, se met au travail et conçoit son prototype dans l'atelier installé au cœur de l'arrondissement de Southwark.

L'automne passe avec son lot de blessures et de galurins abîmés. Le 17 décembre, Bowler propose à son client une coiffe sombre, arrondie comme une cloche aux bords légèrement recourbés, et lui garantit une solidité à toute épreuve. Coke pose l'objet à terre et le piétine à deux reprises. Pas la moindre égratignure. Sa rigidité est obtenue grâce au mélange de la sécrétion d'un insecte parasite et d'alcool méthylique. Conquis, Coke l'achète pour 12 shillings et en commande une kyrielle. La maison Lock le baptise *Bowler hat*, du nom du fabricant, le produit en série et l'exporte jusqu'aux États-Unis.

Au cours des décennies suivantes, le chapeau melon conquiert les classes ouvrières et moyennes, les hors-la-loi comme Billy the Kid, les stars du cinéma muet et les manœuvres qui construisent les voies de chemin de fer jusque dans les Andes.

La suite est légende. Le chapelier aurait demandé que les chapeaux melons trop petits pour les ouvriers de la British Railway soient vendus pour rien aux habitantes de la région, en prétextant qu'il s'agissait de la dernière mode en Europe. L'emblème de la femme bolivienne était né.

Sueurs froides

Encore une journée de perdue. Décidément, John Gorrie ne parvient pas à vendre son invention. Il n'essuie que refus, sarcasmes, voire agressions, lui qui promet pourtant de sauver des vies.

Apalachicola, « les gens de l'autre côté » en langue hitchiti. C'est dans cette bourgade de 1 900 âmes, sur la côte de la Floride, que John Gorrie s'installe en 1833. Ses études portant sur les maladies tropicales ont poussé ce jeune médecin à venir travailler sur une terre rongée par les marécages et infestée par les moustiques. Un écosystème idéal pour lutter contre les épidémies de fièvre jaune qui déciment les populations locales.

Le médecin est persuadé que la maladie trouve son origine dans la chaleur humide et dans les effluves provenant des marécages voisins. Le moustique ne serait qu'un désagrément secondaire. Il applique donc les méthodes courantes pour purifier l'air chaud et malsain en suspendant des bacs remplis de glace au plafond afin de refroidir les infirmeries. Mais la solution n'est pas idéale, car cette glace met plusieurs semaines à arriver par bateau et les pénuries sont légion. Le mieux serait de pouvoir la créer de toutes pièces. John s'ingénie alors à concevoir une machine.

Posée sur un socle en brique, une structure en bois est équipée de deux manivelles et d'un moteur à vapeur servant à comprimer l'air, puis à le refroidir grâce à de l'eau jusqu'à ce que celle-ci se transforme en glace. En 1848, John en produit douze blocs chaque jour. La climatisation moderne est née. Il fait breveter son invention en 1851 et s'associe à l'un de ses amis pour démarcher les usines de la région prêtes à exploiter sa trouvaille miracle. Mais on le traite au mieux de fou, souvent de satan défiant les lois de Dieu.

Malgré une machine à l'efficacité incontestable et des résultats probants, l'inventeur enchaîne les échecs. Son associé meurt, et avec lui le démarchage de clients.

John n'a pas compris que les moustiques étaient les porteurs de la maladie. Les industriels n'ont pas su voir en ce climatiseur un futur allié de poids pour le développement économique de la Floride. John Gorrie finit ruiné et sa santé se dégrade jusqu'au 19 juin 1855 où, dans cette journée chaude et humide, il part rejoindre les gens de l'autre côté.

Deuxième Dan

« Délicieux et sain, le dessert des digestions heureuses. » C'est avec ce slogan que Daniel démarche les boutiques de Paris et propose l'exclusivité de son produit à la meilleure crémerie de chaque rue commerçante. Le succès est au rendez-vous, et c'est à son père Isaac qu'il le doit.

Une dizaine d'années plus tôt, mauvaises conditions d'hygiène et malnutrition ont fait partie des séquelles de la Grande Guerre. En Espagne, conjuguées au climat chaud, elles causent des troubles intestinaux sévères à nombre d'enfants. Isaac Carasso se penche alors sur le sujet. Négociant en huile d'olive et en agrumes à la retraite, il connaît les bienfaits ancestraux du yaourt et s'intéresse aux avancées scientifiques, notamment aux travaux d'Élie Metchnikoff sur les probiotiques, le lait caillé et les yaourts. Le chercheur et vice-président de l'Institut Pasteur est parvenu à isoler des germes menant à la culture des ferments lactiques.

En 1919, Isaac est décidé à lancer sa propre production. Il installe un atelier au rez-de-chaussée de la maison qu'il occupe dans le quartier des Ramblas, à Barcelone, et importe des souches de ferments de l'institut parisien. Il les introduit dans les yaourts qu'il conçoit dans deux grandes cuves en cuivre et remue à l'aide de pelles en bois. Isaac envoie des échantillons aux médecins de la ville, en mettant en avant les vertus nutritionnelles, les bienfaits sur les intestins et même le ralentissement du vieillissement procurés par sa recette.

Pour éviter toute dégradation du produit, la livraison des caisses de petits pots en grès doit être la plus rapide possible. L'aide des conducteurs des premiers tramways du matin et de quelques postiers, qui livrent les pharmacies, est la bienvenue. Les débuts sont modestes. Isaac est aidé de deux employés, un neveu et son jeune fils Daniel, qu'il surnomme affectueusement Danón. Le sobriquet sonne bien. Il lui ajoute alors un *e* final et fonde sa petite entreprise. Une entreprise appelée à grandir.

Après avoir suivi une formation à l'École supérieure de commerce de Marseille et un stage en bactériologie à l'Institut Pasteur, Daniel, 20 ans, crée son Danone à lui dans le 18ᵉ arrondissement de Paris. Dans un atelier au rez-de-chaussée d'un immeuble, comme son père. Il ne lui reste plus qu'à industrialiser outils et process, à introduire la notion de plaisir et à innover sans cesse.

Lost in translation

« Un klaxon pour la ville, un klaxon pour la campagne. » C'est l'un des arguments de vente de la Renault Dauphine lorsqu'elle débarque sur les routes américaines en 1957. « Amusante, économique, petite, elle se faufile et se gare partout », vante la réclame.

Bleu, blanc Réjane, rouge Montijo. Sur la très chic Park Avenue à New York, Pierre Dreyfus présente une petite française tout en couleur, en rondeur et en élégance ce 22 mai 1957. Après des essais concluants dans l'État du Maine, le PDG de la Régie et de Renault of France est prêt à conquérir le marché américain avec la Dauphine. Des chaînes de montage sont réquisitionnées dans les usines européennes de Flins et de Haren-Vilvorde pour produire une version ajustée. Le pare-chocs, le filtre à air et l'éclairage de la plaque d'immatriculation sont renforcés, le taux de compression est plus élevé, la commande des codes phares se fait au pied...

Le fabricant français achète six bateaux qu'il aménage pour transporter ses véhicules et les répartir dans un réseau de six cents concessionnaires. Il vise les 25 000 ventes annuelles.

Et les débuts sont prometteurs, avec 90 500 modèles écoulés durant l'année 1959.

Mais la débâcle n'est pas loin, car la Dauphine n'est pas adaptée aux différents climats du Nouveau Monde. En quelques mois seulement, l'humidité de la Louisiane provoque des traces de rouille, la chaleur du Texas décolore et fend les plastiques, la poussière des Grandes Plaines s'infiltre dans le moteur et l'habitacle. Par grand froid, le volant en plastique éclate et la voiture refuse de démarrer. Habitués à presser à fond l'accélérateur, les conducteurs américains finissent par noyer le moteur.

Renault a alors une (mauvaise) idée : envoyer à ses clients un guide de bonne utilisation. Les Français veulent apprendre à conduire aux Américains, rois du macadam ! La déroute est totale, les ventes s'effondrent, les voitures s'entassent et se détériorent. Le rêve est terminé.

Les Dauphine reviennent en France pour être reconditionnées et revendues. Certaines se voient équipées d'un moteur électrique provenant des chariots élévateurs Fenwick. La Henney Kilowatt se vend ainsi à… quarante-sept exemplaires, principalement à des compagnies d'électricité. La Dauphine ne montera jamais sur le podium américain.

Kourt-bouillon

4 août 1914, télégramme du ministère de l'Intérieur aux préfets : « Extrême urgence. Prière faire détruire complètement affiches bouillon Kub placées long voies ferrées, particulièrement aux abords des ouvrages d'art importants, viaducs, bifurcations… »

La veille, l'Allemagne a déclaré la guerre à la France. Dès lors, l'antigermanisme s'installe dans le pays. Les grandes brasseries parisiennes Zimmer, Zeyer et Wepler, aux consonances bien trop allemandes, sont saccagées. Les plaques en émail des bouillons Kub de Maggi sont retirées des devantures des épiceries, les produits déversés sur les trottoirs.

« Exigez le K », annonce la réclame. Car la marque commence par un K, comme le Kaiser. Le patron allemand Julius Maggi a même essayé, deux ans plus tôt, de changer le Kub en Cub, mais le tribunal de commerce a refusé. Aucun doute, l'entreprise est à la solde de l'ennemi. Une espionne. Les réclames affichées à l'entrée des villes et villages et dans les stations de métro serviraient de guide aux soldats allemands. Les plaques dissimuleraient même à leur verso des codes. Ils indiqueraient les lieux et les ouvrages stratégiques à conquérir ou à détruire. Les gendarmeries ont reçu l'ordre de dévisser ou de repeindre les affiches des points les plus sensibles ; ailleurs, la population les arrache pour gagner du temps. Une liste des représentants français de Maggi est même dressée.

La folie gagne et les preuves s'accumulent : Julius Maggi a été arrêté par les autorités françaises alors qu'il tentait de fuir vers Berlin. Dans les bagages de l'industriel, 40 millions de francs dissimulés dans des bouteilles de lait, les mêmes qui contiennent du poison pour tuer enfants et soldats français. À ce qu'il paraît...

Seulement, il n'en est rien. La haine de l'ennemi a entraîné rumeurs et peur irrationnelle jusqu'au sommet de l'État. Si Maggi a bien demandé le remplacement du K par un C, c'était pour prévenir, en effet, tout risque commercial dans une période de tensions. Les chiffres apposés sur les plaques ont été inscrits par l'administration française depuis la création de la marque en 1907 et correspondent à leur enregistrement et au droit de timbre de l'affichage. Quant à Maggi, il s'agit d'une entreprise suisse, et non allemande. Julius Maggi est suisse, lui aussi. Il est surtout mort depuis octobre 1912.

Mauvais augure

La mer l'attend. Les consignes sont claires, rien ne doit arrêter le plus grand paquebot du monde ! Pourtant, un iceberg déchire l'insubmersible à tribord, arrache les machines de leur socle. Les compartiments étanches deviennent inutiles ; les canots, trop solidement cordés, ne peuvent être mis à l'eau à temps. Le *Titan* chavire et coule.

L'ouvrage de Morgan Robertson, *Futility or the Wreck of the « Titan »*, passe relativement inaperçu à sa parution en 1898. Il ne doit sa gloire qu'au naufrage du *Titanic*, quatorze ans plus tard, en avril 1912. Et aux multiples résonances entre l'œuvre et la réalité : longueur, tonnage, vitesse, nombre d'hélices et de passagers, principe d'étanchéité des cloisons, une nuit d'avril, l'Atlantique, l'iceberg, le manque de chaloupes, les pertes humaines... Les similitudes sont troublantes. Robertson raconte qu'il rédige dans un état médiumnique, guidé par une voix. Un texte prémonitoire, une prophétie !

C'est oublier un peu vite la vie de marin, dix ans durant, de ce fils de capitaine de navire. Ses connaissances lui offrent une base confortable de travail. Mais pas autant que la documentation précise qu'il a réunie et sur laquelle il s'appuie : données sur la dérivation des glaces, techniques de conception existantes et ambitions des ingénieurs.

La construction du *Titanic* n'est pas engagée, ni même imaginée, au moment de la rédaction du livre. Pourtant, le paquebot semblera suivre à la lettre les péripéties du roman de Robertson. Quant au nombre restreint de canots de sauvetage, il s'agit d'une pratique courante sur les vaisseaux de l'empire britannique. C'est aussi cela que dénonce l'écrivain, révolté par l'orgueil des ingénieurs et des compagnies voulant toujours davantage, au détriment de la sécurité des passagers. À la fin du roman, Robertson punit d'une attaque cardiaque le principal actionnaire de la compagnie maritime, et de banqueroute son assureur.

Travail aiguisé de préparation, anticipation, expérience, sorcellerie, heureux hasard... Peu importe, la notoriété ésotérique de Morgan Robertson lui change la vie. Jusqu'au 24 mars 1915, où on le retrouve dans le fauteuil de sa chambre d'hôtel d'Atlantic City. Mort, face à l'océan.

Un iceberg à la hune

14 avril 1912, 23 h 40. Tapi dans la nuit noire, l'assassin attend patiemment sa victime. Quand Frederick Fleet l'aperçoit, il est déjà trop tard. Il ne devine qu'une masse sombre, de taille modeste, comme « deux tables posées côte à côte », déclarera-t-il à la commission d'enquête présidée par le sénateur Smith. Mais il comprend. De son nid-de-pie, il fait retentir à trois reprises la cloche. « Iceberg droit devant ! » Le navire tente plusieurs manœuvres. Rien n'y fait. Le *Titanic* et le marin d'eau douce se frôlent. La glace est rompue. Le bâtiment se déchire, s'immobilise, se rompt, s'enfonce et entre dans l'histoire.

Fleet prend la tête du canot numéro 6 avec une trentaine de passagers. Ballotté et transi, il parvient à rejoindre le *Carpathia*. Sauvé. Dans la journée qui suit, le paquebot *Prinz Adalbert* emprunte le même chemin. Un membre de l'équipage prend une photo du glaçon. Sans savoir que le navire prétendument insubmersible gît déjà par 3 843 mètres de fond. Il faut dire que les informations données par la presse et la White Star Line sont rassurantes. La compagnie déclare « de la façon la plus nette que toutes les craintes concernant la sécurité des passagers n'ont pas de raison d'être, le navire ne pouvant sombrer ». L'iceberg disparaîtra à son tour dans les eaux salées de l'Atlantique.

Le naufrage entraîne l'adoption de nouvelles mesures, comme la création de la Patrouille internationale des glaces. Quant au cliché, il est saisi par le cabinet d'avocats de la White Star Line. Il y trônera quatre-vingt-dix ans ans durant, avant que le cabinet ne coule à son tour. La photo part aux enchères : 32 000 dollars. Rien ne prouve pourtant qu'il s'agit bien du meurtrier, deux autres monstres photographiés restant de solides suspects.

Après une vie médiocre à surveiller des entrepôts, Fleet perd sa femme. Le 10 janvier 1965, le retraité esseulé de 77 ans se voit chassé par son logeur de beau-frère. Sombre, il se rend dans le jardin de celui-ci, prend la corde à linge et se pend à l'un des poteaux. Sans faire de vague.

YVETOT CAUDEBEC CAUX-SEINE
kiwanis.yvetot@gmail.com

Fluctuat nec mergitur

Le chauffeur Arthur Priest a la réputation d'être l'homme le plus veinard au monde. Lors du naufrage du *Titanic*, il fait partie des trois cent cinquante mécaniciens restés à leur poste le plus longtemps possible pour évacuer la vapeur des chaudières et maintenir le réseau électrique. Et des rares rescapés de la salle des machines.

Quatre ans plus tard, le voici qui fait chauffer les machines du *Britannic*. À 29 ans, il possède désormais une solide expérience des bateaux de croisière. Le 21 novembre 1916, la coque blanche ornée d'une large bande verte sur son flanc et de trois croix rouges éclairées par cent vingt-cinq ampoules fend la mer Égée. Le navire-hôpital effectue sa sixième traversée. La dernière.

En 1907, la White Star Line entend bien défier l'américano-britannique Cunard Line, avec une série de trois navires jumeaux : l'*Olympic*, le *Titanic* et le *Gigantic*. Des noms aussi grandioses que les bateaux. La construction du premier démarre en octobre 1908 sur les chantiers Harland et Wolff de Belfast, et ses débuts sont synonymes d'avaries diverses. Il percute un remorqueur lors de sa traversée inaugurale vers New York, puis heurte un croiseur, et plus tard perd une pale d'hélice.

Après le sinistre du *Titanic*, la construction du *Gigantic* est interrompue dans l'attente des résultats de l'enquête. Tous les défauts de son aîné sont corrigés : une deuxième coque est ajoutée, d'immenses bossoirs sont installés pour optimiser la descente des canots de sauvetage, dont le nombre passe de vingt à cinquante-huit, et les compartiments centraux sont surélevés pour éviter l'effet domino en cas de voie d'eau. Surtout, la compagnie revoit ses rêves de grandeur à la baisse. Le navire s'appellera désormais *Britannic*.

Le 21 novembre 1916, donc, à 8 h 12, dans le détroit de Kea, une mine ou une torpille touche le navire, entraîne l'inflammation de la poussière de charbon et une seconde explosion. Le flanc tribord prend l'eau. Si la plupart des cloisons sont closes, de nombreux hublots restés ouverts offrent une brèche parfaite à l'eau. Le *Britannic* disparaît à 9 h 07.

Arthur Priest survit une nouvelle fois à ce naufrage. Tout comme il sortira vivant de celui du *SS Alcantara*, puis de celui du *SS Asturias*. Le chauffeur insubmersible mourra d'une pneumonie vingt et un ans plus tard.

Homme au foyer

« Place de 350 francs à monsieur actif, pouvant se déplacer une semaine sur deux. 2 000 francs exigés garantie. » La petite annonce parue dans *Le Matin* et *Les Petites Affiches* attire les candidats qui se présentent devant une usine automobile, à Tournay, non loin de Paris. Le manufacturier les reçoit dans un bâtiment quasi désert où quelques machines usées traînent. L'arnaque peut commencer.

L'allure soignée, portant beau, bonhomme, armé de faux certificats et recommandations en tout genre, l'autoproclamé industriel séduit et abuse les petits bourgeois avides de placements sûrs. Et ne tarde pas à collecter des cautions de 2 000 francs. Quant aux prétendants, ils sont embauchés et payés quelques mois durant. L'affaire semble rentable, les actionnaires ont confiance et se multiplient. Il ne reste plus à la fripouille habile qu'à disparaître avec le capital. Il sera condamné en février 1902, sans pour autant être retrouvé.

Ce n'est pas la première escroquerie d'Henri-Désiré. Il s'en est même fait une spécialité. Fils d'un chauffeur mécanicien et d'une couturière, le filou ne fait pas d'études supérieures, mais se rêve architecte. Il devient commis dans un cabinet, pas plus. Alors vient la petite arnaque. Il recrute, *via* des annonces, représentants de commerce et arpenteurs, à qui il vole leur bicyclette. Version gagne-petit. Désormais marié et père d'une fillette, il déménage autant qu'il change de métiers : entrepreneur de travaux, comptable, couvreur, fabricant de vélos... Rien ne lui convient et les affaires minables reprennent.

En 1903, sous le titre d'ingénieur, il dépose un brevet de motocyclette à pétrole qu'il vend sur plan. Les acomptes abondent, mais l'engin ne sera jamais livré. Si la police ne lui met pas le grappin dessus, c'est qu'il ne donne pas son vrai patronyme. Et Henri-Désiré Natier continue d'user de son stratagème sur les cautions. Dorénavant, il perfectionne son mode opératoire en mettant à disposition de l'outillage contre de l'argent déposé dans un établissement de crédit. Quoi de plus légal et sûr ? Jusque-là chanceux, l'homme est reconnu par l'un de ses pigeons alors qu'il retire les fonds. Le voilà incarcéré pour deux ans. Enfin. La prison devrait remettre l'aigrefin patenté dans le droit chemin. Mais Henri-Désiré Natier, de son vrai nom Landru, a des projets bien plus ambitieux en tête...

Aussitôt libre, l'escroc reprend du service, comme une rengaine. Cautions dérobées, placements boursiers frauduleux... et, à chaque fois, autant de patronymes utilisés. Peu de plaintes déposées, tant la honte est grande parmi les victimes. Il est pourtant de nouveau arrêté et remis au trou. Une fois dehors, Landru replonge. Il ouvre un bureau dans les quartiers chics de la capitale et crée une société de cartographie, toute fictive, bien décidé à charmer les hommes d'affaires, qui le fascinent. Clients et bénéfices affluent et de nouvelles procédures à son encontre sont lancées.

Fin 1913, libre, il ouvre un atelier de construction mécanique – un vrai, cette fois. Mais la rapine reprend. Arrêté, il risque le bagne en Guyane. En fuite, Landru est hors la loi et, désormais, il voit grand, très grand. La guerre fait rage, les hommes tombent et les veuves fleurissent. Son plan de séduction à grande échelle peut commencer.

Son idée diabolique consiste à enjôler une femme seule, qui lui confie ses économies, avant de disparaître. Annonces matrimoniales, rencontres à la chaîne, maison isolée à Gambais, économies détournées, placements financiers, disparitions à foison, carnets de comptabilité morbide, nouvelle cuisinière, foyer à fumée noirâtre, odeurs nauséabondes, restes humains dans les cendres, suspicion des voisins... L'enquête est menée par l'inspecteur Jules Belin, membre des Brigades du Tigre.

Quatre-vingt-dix pseudonymes et onze assassinats plus tard, le Barbe-Bleue de Gambais est arrêté et continue à hypnotiser les esprits les plus fragiles. À tel point que 4 000 bulletins de vote porteront son nom lors des élections législatives de 1919.

Son procès commence le 7 novembre 1921. Landru nie les faits, instille le doute, tient tête, mais le faisceau de présomption s'épaissit. Pour défendre l'indéfendable, maître Moro-Giafferi. Lors de sa plaidoirie, l'avocat tente le tout pour le tout, pointe l'entrée de la salle d'audience et, d'une voix nette et autoritaire, proclame : « Regardez cette porte, elles sont là [...] elles attendent pour rentrer, les prétendues victimes de Landru [...]. Elles vont apparaître... » L'effet de manche perdra son client. Toutes les têtes se tournent vers ladite porte. Toutes, même celles de la cour. Toutes, sauf celle d'Henri-Désiré Landru. Qui la perdra.

Quant à l'inspecteur Belin, il confiera bien des années plus tard qu'il utilisait, lors de ses débuts dans la police, un pseudonyme pour passer incognito dans certaines enquêtes. Bien avant toute cette affaire. Il avait choisi pour faux nom... « Landru ».

Minimum syndical

Le cercueil quitte un immeuble parisien à la façade drapée de noir. La veuve et la famille suivent. Des ouvriers en bleu de travail encadrent un haut corbillard, précédé de deux camions sombres jonchés de fleurs. La foule forme une haie sur les trottoirs : ce ne sont pas des badauds, ceux-là rendent hommage. Métallos, mineurs, conseillers généraux encrêpés portent gerbes, bannières et un immense portrait qui fend l'air froid de février 1951. Des obsèques dignes d'un chef d'État.

Ambroise Croizat a toujours eu l'esprit ouvrier chevillé au corps, chose rare pour un ministre du Travail. À ceux qui peuvent douter de son engagement, il rappelle être fils d'ouvriers. Son père, manœuvre à l'usine de Carbures Métalliques, trimait pour 8 sous de l'heure, douze heures par jour. Sa mère était employée chez un tisserand de velours. Et lui-même est un ouvrier. Quand la Grande Guerre éclate, il remplace son père parti combattre. Il a 13 ans, devient apprenti métallurgiste et se forme au métier d'ajusteur-outilleur.

Après 1918, son militantisme trouve un écho à la SFIO, ancêtre du Parti socialiste. Puis il rejoint le Parti communiste à sa fondation en 1920 et mène plusieurs grèves à Lyon. Jusqu'à devenir le secrétaire général de la Fédération des métallurgistes CGT en 1936, avant d'être arrêté trois ans après pour ses idées jugées trop subversives.

Quatorze prisons et un bagne plus tard, il est libéré en février 1943 et rejoint le Comité français de la libération nationale dirigé par le général de Gaulle. À la tête de la Commission du travail, aux côtés de Pierre Laroque, il assure la mise en place de la Sécurité sociale nouvellement créée. Une caisse de sécurité sociale unique, universelle, avec un système de répartition financé par les richesses produites par l'entreprise. Et il défend des avancées sociales capitales : la généralisation des retraites, le système de prestations familiales, la formation professionnelle, la loi sur les heures supplémentaires, la médecine du travail, la reconnaissance des maladies professionnelles... Lui que ronge un cancer du poumon.

Les parapluies dodelinent dans la masse triste cheminant vers le Père-Lachaise. La CGT a réussi un tour de force incroyable en réunissant tant d'endeuillés. Le chiffre est sans appel : un million de personnes sont dans la rue. Selon le syndicat.

Du verre aux verrous

L'inspecteur Brunet détaille l'appartement miteux et dépouillé de la rue de l'Hôpital-Saint-Louis, à Paris, et interroge rapidement Vincenzo Peruggia. Le vitrier n'a rien à avouer, alors Brunet repart avec la certitude du travail bien fait. Pourtant, durant son court échange avec le policier, Peruggia n'a cessé de penser à son débarras. Dans le débarras, il y a une valise de bois blanc. Dans la valise de bois blanc, il y a un fond. Dans le fond, il y a un double fond. Dans le double fond, il y a *La Joconde*.

Depuis quelque temps, le musée du Louvre est victime de dégradations. La direction souhaite mettre sous verre certaines de ses œuvres les plus sensibles et fait appel à la très noble maison Gobier. Peruggia en est le vitrier le plus qualifié. Il passe plusieurs jours dans le Salon carré à installer ses verres et à observer la toile de Léonard de Vinci, un compatriote. Lui que l'on traite de « macaroni » à longueur de temps. Lui qui souffre de saturnisme, d'alcoolisme et de paranoïa. Alors c'est décidé, Peruggia va voler *La Joconde* et la rendre à l'Italie.

Le 21 août 1911, il profite de la fermeture hebdomadaire pour mettre son plan en œuvre. Vêtu de sa blouse de travail, l'ouvrier entre dans le musée, traverse les salles, décroche le tableau de sa cimaise, passe par un escalier, retire le portrait de son cadre et s'enfuit. Tout simplement. Le lendemain, des copistes officiels appellent les gardiens du musée : Mona Lisa n'est plus à sa place. Est-ce normal ? On vérifie les registres... Mince ! *La Joconde* a disparu.

Le Quai des Orfèvres dépêche soixante inspecteurs et Alphonse Bertillon, le père de la police scientifique, relève lui-même les empreintes. Le directeur du musée démissionne, les visiteurs se bousculent pour admirer les quatre clous délestés de leur œuvre, des récompenses sont promises. Guillaume Apollinaire est emprisonné, car il emploie un secrétaire déjà condamné pour vol de statuettes, elles-mêmes revendues à Pablo Picasso, qui est longuement interrogé, tout comme les employés du Louvre... sans succès. Le chef-d'œuvre s'est envolé. Loin, sûrement, de sa patrie d'adoption.

Deux ans ont passé et Mona Lisa dort toujours dans la valise de bois blanc au fond du petit débarras. Elle n'a jamais quitté Paris. Jusqu'à ce que le vide-gousset transalpin ne file à l'anglaise en Italie, où il propose la peinture à un marchand d'art. Peruggia imagine que la gloire l'attend... ce sera plutôt la prison, sept mois durant.

De retour en France, il se met à son compte et ouvre un magasin. De peinture.

Le salaire de la peur

Les tumultes du fleuve Colorado font tanguer la barge de John Gregory Tierney et perturbent ses relevés géologiques. Il s'accroche, mais quand les remous et une crue subite renversent l'embarcation, l'ingénieur se noie. Son corps ne sera jamais retrouvé. Ce 20 décembre 1922, Tierney est le premier mort officiel du barrage Hoover.

La petite ville de Las Vegas somnole sous des chaleurs écrasantes en cette année 1931. Depuis l'autorisation de la construction d'un barrage à 40 kilomètres de là, la commune de 5 000 âmes accueille près de 20 000 habitants supplémentaires. Des chômeurs attirés par la promesse d'un travail rémunéré en cette période de crise économique sévère. Plusieurs camps sont montés. Celui destiné aux ingénieurs et aux cadres, et deux autres, plus loin, pour les ouvriers et leurs familles.

Le chantier est immense et un tel projet n'a encore jamais vu le jour. Le barrage, logé entre deux falaises rocheuses, servira à alimenter en eau Las Vegas, à réguler le fleuve Colorado et à fournir de l'électricité au Nevada et à l'Arizona, de part et d'autre du fleuve, ainsi qu'à la Californie toute proche.

À 25 ans, Patrick Tierney tente sa chance. Si sa mère craint le pire, l'apprenti écrivain a bon espoir d'être embauché, amadouant les recruteurs en leur rappelant le destin tragique de son père mort noyé alors qu'il réalisait des repérages pour le futur barrage. Il est finalement engagé comme aide-électricien et s'installe avec sa femme Hazel dans l'un des camps.

Les journées sont longues, les conditions de travail difficiles sous un soleil de plomb et sur un terrain escarpé. Les accidents mortels sont nombreux. Chutes, écrasements par des machines, éboulements, explosions, noyades… Ce sont quatre-vingt-seize personnes qui perdent la vie officiellement sur le chantier. Certaines familles demandent réparation, car ces chiffres ne prennent pas en compte les décès pour pneumonie dus aux fortes concentrations de monoxyde de carbone dans les différents tunnels.

Parmi les victimes, Patrick Tierney. Il chute de la tour d'adduction située sur le versant Arizona, un saut de 100 mètres. Treize ans jour pour jour après la noyade de son père. Il est retrouvé sous 7 mètres d'eau dans le nouveau lac Mead, qui se remplit en amont du barrage. Pour sa peine, son épouse Hazel sera dédommagée de 100 dollars.

Ce 20 décembre 1935, Patrick Tierney est le dernier mort officiel du barrage Hoover.

La chanson de Jackie

La pipe et le tabac noir au bec, comme un marin trempé, Jacques rêve de voyages. Pas encore majeur, sans rien dire à personne, il embarque comme pilotin radio à bord du *Capitaine Saint-Martin*, cargo rempli de charbon et de minerai de fer. Trois mois plus tard, le paternel, furieux, récupère l'apprenti pilote et l'envoie au lycée parisien Louis-le-Grand en mathématiques. Adieu l'horizon : son père, Abel, le destine à faire Polytechnique et à devenir ingénieur.

L'élève dissipé et bavard obtient son bac, fait Sciences Po, l'ENA, la guerre d'Algérie, un tour de la Scandinavie et des États-Unis. Le voilà étudiant à Harvard, serveur dans un restaurant et chauffeur pour la veuve d'un pétrolier texan. La Cour des comptes, où il bûche comme auditeur, sera sa prison ferme. L'horizon est bouché. Pourtant, fin 1962, sous la pression de sa mère Marie-Louise, et avec le soutien de sa jeune épouse Bernadette, Jacques refuse la proposition de Total de devenir le directeur de la filiale canadienne du pétrolier.

C'est justement au Canada que se trouvait Abel Chirac dix ans plus tôt. Il y négocie une affaire pour le compte de l'avionneur Henry Potez, dont il est le directeur général. Pendant ce temps-là, Marie-Louise et son Jackie séjournent à Parmain, dans le Val-d'Oise. En ce jour de 1940, le téléphone sonne. « Fuyez ! Les Allemands sont à 50 kilomètres. » Au bout du fil, celui qui ne s'appelle pas encore Marcel Dassault prie ses amis de quitter au plus vite la villa qu'il leur a prêtée. Marie-Louise charge quelques affaires à bord de la Renault Vivaquatre et prend son Jackie haut comme huit pommes sous le bras, direction le fief familial de Sainte-Féréole, en Corrèze.

Au cœur de cet exode estival, Jackie rencontre Marcel Dassault pour la première fois à une terrasse de café à Vichy. À 8 ans, il est passionné par les avions et les automobiles. Et la voiture de l'industriel, qui n'existe qu'à quelques exemplaires en France, le fascine. Sa mère vante les connaissances pointues de son fils et Dassault le met alors au défi de trouver la marque de son bolide. S'il y parvient, il choisira ce qu'il voudra dans le magasin de jouets tout proche. Jacques Chirac se lance : « C'est une Graham-Paige ! » Stupéfait, l'industriel l'emmène, comme promis, prendre le jouet désiré dans la boutique. Ce sera un train électrique.

Abel connaît bien l'entrepreneur. Directeur de l'une des succursales de la Banque nationale pour le commerce et l'industrie, il gère le compte de la Société des hélices Éclair, fondée par Marcel Dassault et Henry Potez. Ensemble, ils ont inventé l'hélice Éclair durant la Grande Guerre. En 1936, lors des grandes nationalisations, Abel conseille les deux hommes, qui obtiennent de confortables indemnités. L'année suivante, il devient le directeur général de la Société Potez.

Henry Potez, qui a fermé ses usines de Méaulte dans la Somme après l'invasion allemande, les installe au Rayol, épaulé par Abel, devenu François pour éviter toute suspicion et dénonciation aux services de police.

Sur les hauteurs de Toulon, le chômage technique assomme un peu les deux hommes, qui jouent au bridge et devisent sur l'actualité et les coucous. Toute la journée, Jacques entend parler d'aviation et rêve secrètement d'en faire son métier. En attendant, il grandit, court pieds nus, pêche, fait les quatre cents coups avec son poteau Darius... Hormis l'épisode du sabordage de la flotte française dans la rade de Toulon en 1942, dont il est le témoin innocent, l'insouciance est totale.

La filiale canadienne de Total refusée, adieu la Cour des comptes : l'horizon s'éclaircit à l'orée des années 1960. Jacques Chirac entre à Matignon, où il devient chargé de mission pour le directeur de cabinet de Georges Pompidou en 1963. Il s'y occupe de construction et d'aménagement du territoire. Mais aussi des questions aéronautiques, comme un retour aux sources.

La politique le grise. Le voilà propulsé lors des législatives de 1967 en Corrèze, avec un appui de poids : Marcel Dassault, encore lui. Chaque week-end, Chirac fait 1 000 kilomètres aller-retour au volant de sa Peugeot 403 qu'il bichonne. Certains le trouvent doué, à l'aise, d'autres beau et con à la fois, capable de deviser aussi bien avec les agriculteurs qu'avec des mémères décorées comme des arbres de Noël. Il remporte l'élection de justesse et devient député.

Encore un peu de patience. Ministères, Matignon, mairie de Paris, Élysée, échecs, victoires, affaires judiciaires... L'horizon se dégagera et il chantera sa chanson à lui, celle du temps où il s'appelait Jackie.

Trou de mémoire

Le gros orage annoncé sur la capitale n'a pas encore pointé le bout de ses nuages noirs. Mais, déjà, pioches, marteaux-piqueurs et autres machines grondent sur le marché des Halles ce lundi 2 août 1971. Depuis plusieurs jours, le jeune banquier Orrin Hein est à Paris et multiplie les rencontres pour tenter de sauver les dix pavillons du marché des Halles promis à la démolition.

Le New-Yorkais millionnaire de 32 ans est à la tête de l'US Committee for the Preservation of Les Halles. L'organisation rassemble plusieurs hommes d'affaires et banquiers américains ayant des liens ou des affinités culturelles et économiques avec la France. Et ce n'est pas « un problème franco-français » que cette destruction prévue, mais bien « un problème mondial, de l'humanité », explique-t-il.

En 1959, pour désengorger le centre de Paris, il est décidé de fermer l'immense marché de viandes et triperie, volailles et beurre, fruits et légumes, pour le transférer à Rungis, nouvelle place moderne dans le Val-de-Marne. Beaucoup d'encre et de protestations plus tard, en 1969, les premières désaffections touchent les pavillons situés à l'est.

Désormais s'opposent le banquier, soutenu par des associations de riverains, des élus, des syndicats et la gauche, et les autorités. Le premier met en avant ce joyau reconnu par de nombreux spécialistes comme un témoignage de l'architecture moderne du XIXe siècle, fait de verre et de fer, offrant une lumière dentelée et des espaces ouverts. Les secondes martèlent leur volonté de désaturer le centre de la capitale, de procurer aux habitants un lieu bien desservi par les transports en commun, avec l'amélioration des lignes de RER.

Le projet ne peut pas être arrêté et Hein propose alors d'acheter puis de remonter les pavillons aux États-Unis afin de leur offrir une seconde jeunesse.

Des tête-à-tête avec le préfet de Paris, Marcel Diebolt, et avec le ministre des Affaires culturelles, Jacques Duhamel, n'y font rien. En un éclair, les pavillons sont détruits et revendus au prix de la ferraille. Seul celui des légumes est sauvé, démonté aux frais de l'État et rebâti cinq ans plus tard, à Nogent-sur-Marne. Un trou béant saigne le quartier.

Orrin Hein repart les mains vides, sans le moindre morceau des halles parisiennes. Il ne saurait y avoir de preuve outre-Atlantique d'un tel massacre patrimonial.

Moteur… Coupez !

Frank Sinatra, Louis Armstrong, Bing Crosby chantent, claquettent, sourient, cabotinent sur le plateau de CBS. Ce 13 octobre 1957, tous vantent les mérites de la nouvelle voiture sortie des usines Ford dans une émission spéciale intitulée l'Edsel Show. Puis la lumière se tamise. Dans une gloriette, Rosemary Clooney entonne « I guess I'll have to change my plan ». La veille, alors qu'elle essayait cette auto toute neuve, la poignée lui est restée dans la main. Mauvais présage ?

Absent des voitures de moyenne gamme, Ford lance un modèle après une immense étude de marché, la première du genre. On sonde les Américains sur leurs goûts, leurs souhaits et leurs attentes en matière d'automobile, puis tous ces désirs sont retenus et assemblés les uns aux autres. Une agence publicitaire mène en parallèle une recherche pour baptiser ce modèle. Près de dix-huit mille noms sont étudiés ! On fait même appel à la poétesse Marianne Moore. Mais aucun n'est retenu. Ce sera finalement Edsel, du nom de l'unique fils de Henry Ford et défunt père de l'actuel président du groupe.

La voiture, elle, ne manque pas d'innovations : moteurs V8, bouton-poussoir placé au centre du volant pour sélectionner les vitesses, freins à ajustement automatique, et une calandre verticale moderne à souhait. Originale, même. Le succès ne peut qu'être au rendez-vous.

Mais l'étude menée est en réalité réarrangée pour correspondre aux désirs des dirigeants de la firme. Une gamme de dix-huit modèles sort en 1958, le public s'y perd, rien ne prend. Les ennuis techniques s'accumulent. Le coffre a parfois du mal à s'ouvrir, la capote à se déplier. Surtout, les fuites se multiplient. À tel point qu'Edsel devient l'acronyme de « Everyday something else leaks », chaque jour une nouvelle fuite.

Quant à la calandre, elle fait parler : certains y voient un collier de cheval de trait ou une lunette de toilettes ; d'autres, plus aventureux, un sexe féminin. Est-ce là une bonne idée pour un public masculin, un tantinet macho, plus sensible aux attributs virils ?

Les prix de vente restent élevés pour des modèles de cette catégorie. Le pays entre en récession et Ford n'est pas le seul à en pâtir : tous les constructeurs voient leurs ventes s'effondrer, parfois de moitié. Une catastrophe. Trois petits tours et puis s'en va. Les dernières Edsel sortent en 1960, sans plus de succès.

Rosemary Clooney avait visé juste. Ford aussi a dû changer de plan.

Première séance

Sous la charpente en bois, les ouvrières se pressent. Robes noires et tabliers blancs sortent par dizaines. Quelques hommes à moustache se fraient un chemin. Le chien du gardien gambille sur les pavés, chassé par une voiture tirée par un cheval. Au 21-23 de la rue Saint-Victor, à Lyon, la sirène retentit : il est midi. L'heure de la pause pour le personnel qui fabrique des plaques photographiques. C'est une scène vivante, réaliste. Réelle, même. Le 19 mars 1895, Auguste et Louis Lumière tournent leur premier film.

Les jours de ciel sombre et de giboulées passés, le soleil est enfin au rendez-vous. La vue sur l'usine est parfaite. Les frères Lumière ont installé leur machine à la fenêtre de la salle à manger de monsieur Vernier, leur contremaître. Louis fait tourner de manière régulière la manivelle afin que la bande de celluloïd de 17 mètres de longueur, composée de deux perforations rondes par photogramme, imprime au mieux. Mais ils ne sont pas satisfaits de cette première capture : la bobine s'est terminée avant même que les portes du hangar se soient refermées. Il va falloir recommencer.

Un père touche-à-tout, des études brillantes à la prestigieuse école technique et professionnelle La Martinière, une région où le secteur de la chimie domine... tout est réuni pour que Louis et Auguste se consacrent aux nouvelles technologies, notamment la chimie pharmaceutique et l'industrie photographique. Les deux frères explorent, inventent et, au début de 1895, après plus d'un an de travail, le cinématographe Lumière est prêt.

Après leur premier tournage et malgré sa fin tronquée, les deux inventeurs projettent leur film de 40 secondes lors d'une conférence à la Société d'encouragement pour l'industrie nationale, à Paris. C'est un succès et les félicitations pleuvent. Ils décident alors de tourner à nouveau la séquence pour avoir une véritable fin, avec la fermeture des portes de l'usine.

Ils convoquent leurs employés un dimanche à midi, après la messe. Les patrons ne sont pas toujours commodes, on ne discute pas. Les mêmes salariés, cette fois vêtus de leurs plus beaux habits, rejouent la scène, jettent un coup d'œil à l'objectif, cabotinent. Encore raté : la voiture, pourtant tirée par deux chevaux, met trop de temps à sortir du champ... alors on s'en passe. La sortie d'usine, troisième ! Cette fois, c'est la bonne, le grand portail de bois se referme à temps.

C'est cette version qui sera présentée au Grand Café de Paris, le 28 décembre 1895. Cette séance qui verra les spectateurs s'extasier ou s'enfuir devant l'arrivée d'un train en gare à La Ciotat. Celle qui ouvrira en grand aux frères Lumière les portes du cinéma.

Les pieds sur terre

Les croix gammées claquent au vent, des bras se tendent, la foule salue l'arrivée du Führer. Les jeux Olympiques de 1936 peuvent commencer. En coulisses, le fabricant Adolf Dassler convainc l'Américain Jesse Owens d'essayer les chaussures qu'il a conçues. L'athlète, intrigué par cette paire en cuir marron ornée de deux bandes jaunes, légère, souple, armée de crampons, accepte de les porter pendant ses prestations.

Vingt ans plus tôt, les matériaux de bonne qualité sont rares. La Grande Guerre laisse les pays ayant combattu exsangues. Cette pénurie oblige Adi à se servir dans les stocks de l'armée pour trouver cuir, toile de parachute, fil et autre matériel, et ainsi réparer les souliers de la région. Il pédale de manière régulière sur sa bicyclette au bout de laquelle une scie vient couper les quelques morceaux de cuir. Fait de bric et de broc, son atelier produit des chaussures robustes qui plaisent aux ouvriers des environs et connaissent un petit succès.

Le chausseur démarche alors le président de l'équipe allemande d'athlétisme pour créer une ligne de chaussures de course et équipe aussi rapidement de nombreux clubs de football. Il propose à son frère Rudolf, qui se destinait à devenir policier, de se joindre à lui pour fonder une entreprise, à parts égales. Le 1er juillet 1923 s'ouvre la compagnie Les Frères Dassler. À Adi la fabrication et le design, à Rudi la responsabilité de les vendre. Les frères s'entendent à merveille, partagent bureau et maison avec leurs épouses respectives.

Les jeux Olympiques de Berlin consacrent Jesse Owens. Les chaussures Dassler aux pieds, il remporte l'or sur le 100 mètres, le saut en longueur, le 200 mètres et le relais quatre fois 100 mètres. Quatre médailles d'or au nez et à la moustache de Hitler. Un triomphe pour l'un, un camouflet pour l'autre. Le retour d'Owens aux États-Unis est triomphal. Cependant, les lois ségrégationnistes et les tensions politiques et sociales le priveront d'un télégramme de félicitations de la part du président Roosevelt. Et l'athlète afro-américain subira les discriminations que connaissent tous les Noirs du pays.

Ces JO sont un énorme succès pour l'entreprise Dassler, qui s'agrandit. Pourtant, la mésentente s'installe entre les deux frères. À tel point que, en 1945, Rudi soupçonne son cadet de l'avoir dénoncé auprès du comité local de dénazification. Trois ans plus tard, Adi et Rudi se séparent et se partagent les actifs de leur entreprise.

Ainsi naissent, en 1948, deux sociétés concurrentes. Adidas, contraction de Adi Dassler ; et Ruda, à laquelle Rudi donne rapidement un nom plus vendeur : Puma. Dans les deux décennies suivantes, un autre conflit fait rage dans le village bavarois de Herzogenaurach. Les ouvriers travaillant pour un frère n'ont pas le droit de côtoyer les ouvriers travaillant pour l'autre. Encore moins de se marier avec quelqu'un d'en face. Chaque camp possède ses commerces, son équipe de football... Les frères resteront fâchés jusqu'à leur dernier jour. Et bien après. Adi repose d'un côté du cimetière, Rudi de l'autre.

Discipline de fer

Le son de la cloche qui retentit et résonne dans l'immense fabrique vient s'écraser sur les petites maisons en brique où logent les ouvriers. Il est 21 heures. Le temps pour tout le monde d'aller se coucher. Le maître de forges Ambrose Crowley est persuadé qu'un homme bien reposé est plus efficace.

Clous pour la marine, ancres, canons, épées, casseroles, mais aussi chaînes et fers destinés à la traite des esclaves... Au tournant du XVIIIe siècle, la manufacture de Winlaton, située le long de la rivière Derwent, en Angleterre, est l'un des plus grands sites de métallurgie d'Europe. Elle s'organise comme une petite ville quasi autonome, possède ses propres bateaux et emploie trois cents ouvriers.

La vision de Crowley est d'une modernité folle, remettant en cause des principes séculaires. Pour le meilleur et pour le pire. Ses ouvriers sont pour la plupart d'anciens agriculteurs privés de leur terre et contraints au travail au sein des premières fabriques. À ces déracinés, qui n'avaient que la nature pour patron, Crowley offre un système de protection sociale, un médecin, des indemnités maladie et la scolarisation des enfants.

Mais son bien le plus précieux reste le temps. Alors il organise à marche forcée et impose un cadre strict. Il conçoit un règlement intérieur, le premier du genre, regroupant plus d'une centaine d'articles. Il y définit les différents métiers, le paiement... et surtout régit la question des heures dues. Sur huit pages, l'article 103 spécifie que les 80 heures de travail hebdomadaires payées doivent être effectives et ne comprennent en rien le temps passé dans les tavernes, ni celui consacré à déjeuner et à dîner, à dormir, à fumer, à discuter, à jouer... Tout ce qui ne concerne pas l'usine et son profit est du temps perdu. Si l'une de ces lois est transgressée, le fautif est jugé au sein d'une cour spéciale interne pouvant le mener au licenciement.

Crowley a tout prévu. La cloche sonne sans cesse, rythme les gestes, les allées et venues, ordonne. Un contremaître claironnant, scandant, toujours vaillant. Réveil, embauche, pause, reprise, déjeuner, reprise, pause, reprise, débauche. Elle sonne. Jusqu'au coucher. Il est 21 heures. Ding ding, dormir pour garder la cadence.

Vague à l'âme

La pluie a repris sur les décombres de Fréjus. Elle est désormais la pire ennemie des habitants et des Secours, retardant les travaux de déblaiement et le sauvetage d'éventuelles victimes. La Fédération parisienne du bâtiment met à disposition des baraquements provisoires pour les sinistrés, la ville de Fécamp envoie des vivres, le Secours catholique monégasque achemine du matériel... Le Premier ministre Michel Debré se rend sur place et le général de Gaulle est attendu. Après la rupture du barrage-voûte de Malpasset, l'élan de solidarité est national.

Quelques jours plus tôt, André Ferro rentre de sa tournée d'inspection du barrage. Le voilà chez lui, dans sa maison située à 2,5 kilomètres en aval, sur une ancienne mine de baryte. Il note dans son cahier d'écolier : « Mercredi 2 décembre 1959 – Ronde de 21 heures, RAS. » Ces trois dernières lettres se répètent depuis plusieurs pages. Rien à signaler. Le gardien n'en est pas moins inquiet. Depuis deux semaines, de fortes précipitations ont fait monter les eaux du lac artificiel à un niveau jamais atteint, la cote maximale de 95 mètres est largement dépassée, et Ferro craint un débordement. Ou pire. Pourtant, il a reçu l'autorisation d'ouvrir la vanne du déversoir depuis 18 heures, malgré les risques d'endommager les piles d'un pont en construction sur l'autoroute qui passe non loin.

À 21 h 13, il s'apprête à remonter au barrage pour une nouvelle vérification. Quand il entend « comme une sorte de grognement animal » faisant vibrer le sol. Le barrage se fissure. Après avoir lancé une fusée verte, il s'enfuit avec femme et enfant sur les hauteurs. À Fréjus, les lampadaires s'éteignent un à un et « La Piste aux étoiles » disparaît des écrans de télévision devenus tout noirs. Une vague de 40 mètres de hauteur déferle sur la ville et emporte tout sur son passage à une vitesse de 70 kilomètres-heure.

Les 50 millions de mètres cubes d'eau font 423 morts, ravagent 1 000 hectares de terres agricoles, détruisent 155 habitations et en abîment 800 autres. Les ingénieurs en étaient certains, il fallait un barrage à voûte mince dans cette vallée du Reyran. Rien de plus solide et de plus moderne. À condition que la roche soit suffisamment stable. L'enquête judiciaire s'étale sur plusieurs années, la justice ne reconnaît aucun manquement humain, relaxe les ingénieurs et attribue la catastrophe à une « défaillance du terrain de fondation » associée à « un piège préparé par la nature ». De cette catastrophe naîtront les mariages posthumes et le Comité technique permanent des barrages.

KIWANIS INTERNATIONAL
YVETOT CAUDEBEC CAUX-SEINE
kiwanis.yvetot@gmail.com

Peau morte

Un colis et une lettre à bord noir entrouverts attendent le retour de Camille Flammarion. En son absence, son épouse a commencé à les décacheter avant de s'interrompre, écœurée par ce qu'elle a senti du bout des doigts. Une fois rentré, l'astronome lit la lettre, se rappelle une lointaine soirée où une promesse lui fut faite, ouvre le colis et comprend. Il tient là une peau humaine, « blanche, épaisse, froide au toucher ». Celle de l'expéditrice.

Durant toute la fin du XIXe siècle, Camille Flammarion se taille une solide réputation d'astronome. D'abord pour ses travaux portant sur les phénomènes atmosphériques, la direction des courants, l'hygrométrie et l'électricité présente dans l'air. Il relève aussi l'impact du soleil sur la végétation et démontre que les taches solaires sont la résultante d'une énergie maximale. Ensuite, le scientifique observe les mers, les canaux, les conditions d'habitabilité et le changement des saisons sur les régions sombres de Mars.

Grâce aux ventes de *L'Assommoir* de Zola, publié par son frère Ernest, les deux hommes font paraître un recueil sur l'astronomie et fondent l'observatoire de Juvisy-sur-Orge. Camille y installe une coupole astronomique et une monture équatoriale. Ses nombreuses conférences connaissent un immense succès et assoient son statut.

L'astronome dérange aussi son époque. Il élève le spiritisme au rang de science et avance l'idée d'une vie extraterrestre dans son ouvrage *La Pluralité des mondes habités*, en 1862. Ses admirateurs sont légion. La comtesse de Saint-Ange en est l'expression ultime. Elle invite Camille Flammarion dans son château jurassien où tous deux, le temps d'un week-end, échangent les éloges. Elle sur les travaux du savant, lui sur la beauté de ses épaules. Condamnée par la phtisie, elle promet au scientifique qu'il recevra, un jour, un cadeau qu'il ne pourra refuser. Flammarion ne le sait pas encore, les épaules si délicates de la comtesse viendront embellir son prochain ouvrage.

Après trois mois de tannage, la peau de madame de Saint-Ange se métamorphose en un exemplaire unique. La couverture des *Terres du ciel*, ornée d'une myriade d'étoiles sur le dos rouge, présente une texture « blanche, d'un grain superbe ».

En lettres d'or, l'inscription « Souvenir d'une morte ».

La Cigale et le Tigre

La cigale ayant lutté tout le printemps se trouva fort dépourvue quand le combat fut perdu.

Gare de Narbonne, 24 juin 1907, on se méfie désormais de celui que l'on surnomme Cigalou. De retour de Paris, Marcelin Albert a le chapeau de travers et la barbe fatiguée… Cinq mois durant, il a mené la révolte des vignerons contre le commerce du vin frauduleux. Mais le « chef des gueux » s'est fait berner.

Quatre mois plus tôt, le 18 février, le vigneron et cafetier envoie un télégramme à Georges Clemenceau, alors ministre de l'Intérieur, le suppliant d'abroger la loi favorisant le sucrage des vins et de rétablir les droits de douane pour lutter contre les vins trafiqués. « Pitié… Midi se meurt ! » Pas de réponse. Deux ans plus tôt, une pétition de 400 signatures était déjà restée lettre morte.

Le 11 mars 1907, 87 vignerons défilent entre le petit village d'Argeliers et Narbonne pour demander le vote d'une loi contre la fraude des vins. Le 24, ses talents d'orateur font de Marcelin Albert le leader du mouvement, lui qui attire les foules. Les manifestations se multiplient et réunissent toujours plus de monde : 15 000 personnes fin avril, 250 000 fin mai à Carcassonne, près de 800 000 sur la place de la Comédie à Montpellier le 9 juin. Les manifestants arrivent par trains entiers, épouses et enfants les rejoignent. Un triomphe. La presse s'enflamme, Marcelin Albert est époustouflant.

La plus grande manifestation de la IIIe République inquiète maintenant jusqu'au plus haut sommet de l'État. Clemenceau déploie une trentaine de régiments et fait arrêter les meneurs. Des incidents éclatent et des balles sont tirées : deux morts.

Marcelin fuit alors et gagne Paris pour défendre la cause. Il sollicite une entrevue à l'Assemblée nationale. Refusée. Clemenceau en a vent et décide de le recevoir place Beauvau. Les deux hommes se rencontrent et parviennent à un accord : vin frauduleux raréfié contre révolte achevée. Mais n'est pas fin tacticien qui veut. Malin, Clemenceau remet à Marcelin Albert un sauf-conduit et 100 francs pour payer son billet de retour, que ce dernier promet de rembourser. La Cigale par le Tigre est piégée.

Le ministre de l'Intérieur prévient aussitôt la presse qu'il a acheté le vigneron, pour 100 petits francs. Marcelin, lui, ne rejoint les siens que le lendemain soir. Trop tard, les journaux ont paru. Vendu ! Cigalou a trahi la cause pour une poignée de billets ! On veut désormais lui passer la corde au cou.

Répudié par ses compagnons, sous les huées, il s'exile en Algérie. C'en est fini du vigneron meneur d'hommes. Il ne revient sur ses terres qu'en 1921 – le goût de la révolte est loin, celui du vin aussi. Marcelin, seul, se meurt… dans la misère. Sa voisine offre les habits de son défunt mari pour dignement l'enterrer. À peine cent personnes assistent à ses funérailles, lui qui jadis haranguait les foules.

Il aurait peut-être dû méditer la morale de La Fontaine : « Petits princes, videz vos débats entre vous. / De recourir aux rois vous seriez de grands fous. / Il ne les faut jamais engager dans vos guerres, / Ni les faire entrer sur vos terres. »

Cheval de bataille

Tirée par un cheval, la charrette tant espérée s'arrête rue Lhomond, dans le 5e arrondissement de Paris. Marie, impatiente, déchire l'un des sacs à l'aide d'un couteau et en extrait, sans précaution aucune, du minerai noir mêlé à des aiguilles de pin. Le gouvernement autrichien offre ces 100 kilos de pechblende issus du seul gisement d'uranium connu au monde, ainsi qu'une tonne de résidu de ce minerai. Marie Curie va pouvoir, avec son époux Pierre, poursuivre ses recherches sur l'étude des rayonnements produits par l'uranium.

Les rayons X découverts par Röntgen, puis ceux de Becquerel, intéressent la jeune doctorante. Ce sera son sujet de thèse et Pierre la rejoint dans ses travaux. Mais le petit atelier est devenu trop étroit, trop rudimentaire. Ce n'est pas sous le sabot d'un cheval que les chercheurs feront leurs grandes découvertes. Ils ont besoin de matériel et d'espace.

Le couple demande alors à Charles-Marie Gariel, le nouveau directeur des études de l'École supérieure de physique et de chimie industrielles de la ville de Paris, un abri plus vaste. La solution est toute trouvée, il leur suffit d'investir le hangar qui jouxte leur laboratoire. Le bâtiment de 150 mètres carrés est fait de planches de bois et d'un sol légèrement bitumé sous un toit en verre où vent et pluie s'infiltrent à leur guise. À l'intérieur, un tableau noir, quelques tables de cuisine usées en sapin, des éprouvettes, ballons, erlenmeyers, tuyaux en caoutchouc et un poêle en fonte dont la tuyauterie forme un O aux angles bien trop arrondis et chauffe à peine.

En ce mois de février 1898, l'air y est glacial : « 6,25 degrés !!! » écrit Marie dans un carnet dévolu à ses notes sur l'utilisation de l'électromètre piézoélectrique fabriqué avec Pierre et son beau-frère Jacques. La machine mesure avec une grande précision l'effet des rayonnements sur l'ionisation de l'air. Le lieu n'a rien de miraculeux, mais le couple s'en satisfait.

Pendant deux ans, ils transportent, remplissent, remuent sans relâche entre ces quatre murs de bois. « Une étable... un hangar à pommes de terre », racontera le chimiste allemand Wilhelm Ostwald après une visite à ses deux émérites collègues.

C'est dans ce laboratoire de misère, et par leur ténacité, que le couple de chercheurs va aboutir à l'une des découvertes majeures de ce siècle fatigué : deux nouveaux radio-éléments, le radium et le polonium, avec lesquels ils obtiendront prix Nobel, renommée mondiale et postérité.

Marie poursuivra ses recherches et son enseignement jusqu'à sa mort à 66 ans, en 1934, rongée par la maladie. Pierre est mort depuis vingt-huit ans, fauché alors qu'il traversait le quai de Conti, à Paris. Sous les sabots d'un cheval.

Miracle sur la 34e rue

Pour un 28 juillet, le temps est automnal. Un épais brouillard couvre New York. En ce samedi matin de 1945, Betty Lou Oliver se moque de la météo. Elle assure, avec le sourire, le va-et-vient de l'ascenseur numéro 6 de l'Empire State Building. À 20 ans, elle est opératrice dans le plus haut monument du monde.

Aux commandes de son B25, le lieutenant-colonel William Smith est, lui, plus contrarié. La brume est trop dense. Il vole à vide et navigue à vue. Perdu, Smith évite de justesse le Chrysler Building. « Je n'arrive pas à distinguer le sommet de l'Empire State Building ! » crie-t-il dans sa radio. À 9 h 52, lancé à 320 kilomètres-heure, il le découvre. Un peu tard.

Les 10 tonnes du bombardier éventrent le 79e étage, ses réservoirs explosent dans les bureaux du Catholic War Relief Service. Smith et son équipage meurent sur le coup. L'un des moteurs est catapulté à travers le bâtiment, détruit sept murs, déchire les câbles de trois ascenseurs et termine sa course en contrebas, pulvérisant le penthouse d'un immeuble voisin. L'autre atterrit sur un quatrième ascenseur. Un incendie se déclare, la fumée se mêle au brouillard.

Un étage plus haut, Betty Lou est soufflée par la déflagration. Blessée, mais vivante. Les secouristes trouvent un ascenseur en état de marche pour l'évacuer. Celui-là même qui a recueilli de tout son poids le second moteur. Les portes se referment… et les câbles lâchent. La cabine dévale les étages. 70, 69… Prête à s'écraser dans les sous-sols du gratte-ciel. 42, 41… Betty Lou aura échappé à un crash, à une explosion, à un incendie, mais pas à une telle chute. 18, 17… La fin est proche, maintenant. Betty Lou ferme les yeux. 3, 2…

Sauf que, contre toute attente, elle est dans un jour de chance. Aidés par la compression de l'air et le système d'urgence, les câbles s'enroulent et freinent la boîte folle. L'impact est tout de même rude. Betty Lou a le cou, le dos et les jambes brisés. Blessée, mais vivante. Après cinq mois à l'hôpital, l'opératrice a retrouvé sourire et costume de liftier, et fait son entrée dans le Livre Guiness des records.

L'incident entraînera l'adoption d'une nouvelle législation permettant aux citoyens de poursuivre en justice le gouvernement fédéral. À quelque chose malheur est bon.

Comme un poison dans l'eau

Pour un déjeuner d'une dizaine de personnes, dressez une belle table de porcelaine. Choisissez des ingrédients de qualité. Mesurez et pesez vos convives. Relevez leur rythme cardiaque, quantifiez et consignez tous les aliments que vous leur servirez. Petite touche du chef, incorporez dans vos plats de l'acide borique, du dioxyde de soufre, du borax, du salpêtre ou encore du formol. Dégustez.

Nous sommes en 1902, dans les sous-sols du département de l'Agriculture américain. Avec l'aide financière du Congrès, le chimiste Harvey Wiley entame une expérience sur douze jeunes hommes, en bonne santé. Le but est double.

D'abord, faire du ménage dans les étiquettes succinctes, voire malhonnêtes, des produits d'alimentation industriels. Face à une absence totale de législation, certains margoulins s'en donnent à cœur joie pour ajouter à peu près n'importe quoi aux ingrédients de base pourvu que ça colore, donne du goût et réduise les coûts. Ensuite, prouver scientifiquement les effets nocifs des additifs utilisés.

La méthode est simple. Faire ingurgiter à ces cobayes volontaires les produits suspects lors de trois repas quotidiens. Et ils sont nombreux à vouloir servir la science et surtout... manger à l'œil. Délayés dans les plats ou en capsules, les produits toxiques et cancérigènes sont testés dans la viande, le lait, le beurre, le café, le soda... Midi et soir, le repas est servi et avalé jusqu'à plus soif.

Il ne reste plus à Wiley qu'à analyser et à notifier les conséquences de ce bouillon d'onze heures. Les résultats sont frappants : le formol attaque les reins, le sulfate de cuivre endommage le foie et le cerveau, le borax entraîne vomissements, maux de tête, anorexie... L'équipe devient la « Poison Squad » sous la plume du *Washington Post*, qui en fait ses choux gras. Toute la presse s'emballe.

Effarés, les Américains découvrent qu'on les empoisonne. Sciure et craie dans la farine et le café, formol pour diminuer l'acidité du lait, sulfate de cuivre pour redonner de belles couleurs aux légumes... Les groupes hygiénistes très en vogue s'emparent du sujet, distribuent des tracts à tout va et multiplient réunions d'information et campagnes anti-industriels. Des mesures urgentes et radicales sont exigées.

Le gouvernement prend les choses en main et y ajoute son grain de sel. Le 30 juin 1906, le Pure Food and Drug Act est signé et entraîne la création de la Food and Drug Administration. Dorénavant, « la production et la vente [...] d'aliments ou de médicaments [...] altérés, nuisibles, toxiques ou mal étiquetés » sont interdites et la liste des ingrédients doit être clairement indiquée sur l'emballage. Les consommateurs avertis en valent désormais deux.

Vous prendrez bien un petit digestif ?

La bataille du rail

Printemps 1862, la guerre de Sécession fait rage depuis un an déjà et Abraham Lincoln souhaite unir son Amérique si divisée. Une ligne de chemin de fer pour relier la côte occidentale, promesse de richesses, à l'Est industrialisé.

L'État confie alors les travaux à deux compagnies privées. D'un côté, au départ de Sacramento (Californie), la Central Pacific Railroad et ses quatre commerçants improvisés rois du rail, Leland Stanford en tête. De l'autre, Thomas Durant et son Union Pacific Railroad partent d'Omaha (Nebraska), au centre du pays. Point de rendez-vous donné à mi-parcours : Ogden (Utah).

Le contrat est simple, chaque société devra poser 60 kilomètres de rails par mois si elle veut percevoir les subventions gouvernementales : de 10 à 29 dollars le mètre selon le dénivelé du terrain. Une course folle commence. Il faut poser le maximum de voies, arriver le premier et empocher une prime substantielle.

On rassemble plus de 10 000 hommes et autant de chevaux. Anciens combattants, immigrés irlandais, mormons et va-nu-pieds. Un peu de pain, de viande, d'alcool et de café pour nourrir cette caravane, mais point d'eau. Les morts s'amoncellent et les survivants désertent pour aller tenter leur chance dans cette ruée vers l'or qu'on dit miraculeuse. Alors on embauche des milliers de travailleurs chinois, jugés plus dociles et surtout moins onéreux, pour les remplacer.

Au dos du train de service file un cortège de wagons : outillage, forge, dortoirs, cuisines, bureaux des ingénieurs et un troupeau de bœufs, pitance sur pattes. La météo et le terrain sont une gageure permanente : inondations, sécheresse, sables mouvants, avalanches. Le défi majeur pour la Central Pacific reste le franchissement de la Sierra Nevada, une barrière naturelle de 4 000 mètres de hauteur. Les ingénieurs se creusent les méninges et une quinzaine de tunnels. On perce à la poudre à canon, sans trop de succès. La nitroglycérine se révèle plus efficace. Plus meurtrière aussi. Si la Central Pacific prend du retard, l'Union, elle, avance au pas de charge et, à la fin de 1868, atteint Ogden la première. Mais pourquoi s'arrêter là ? Vorace, elle poursuit sa route.

Lincoln se décide alors à fixer un autre point de jonction. Ce sera Promontory Summit. La compétition reprend de plus belle, le rythme est infernal. On assemble jusqu'à 16 kilomètres par jour, soit un rail placé toutes les 30 secondes. Au diable le ballast et la précision dans l'assemblage. On pose, on martèle trois fois et hop ! on avance.

Les bisons peuplant les plaines sont, chaque jour, une menace, se changeant en proies sous la carabine de Bill Cody qui fournit le convoi en viande fraîche. Le chasseur se voit affublé d'un nouveau nom, Buffalo Bill. La légende de l'Ouest se construit, elle aussi, alors que les tribus indiennes répliquent, attaquent, incendient, scalpent. Les convois eux-mêmes font naître une violence nouvelle. Les ouvriers dépensent leurs 3 dollars journaliers dans les jeux d'argent et l'alcool. Règlements de compte à gogo et nouveau métier : les croque-morts font désormais partie du convoi.

Promontory Summit est en vue. Le 30 avril 1869, la Central Pacific de Stanford pointe le bout de sa loco la première. Rejointe quarante-huit heures plus tard par sa concurrente. La course est terminée. À peu de chose près : les voies ne se rejoignent pas... Distantes de 150 mètres, elles poursuivent leur avancée sur près de 300 kilomètres. Chaque mètre compte et rapporte, les deux compagnies en veulent toujours plus. La nuit, les ouvriers démontent le chantier concurrent. Des appels à la raison sont lancés, mais personne ne rend les armes. Le président Lincoln est contraint d'intervenir et ordonne la réunion des deux voies. La cérémonie est fixée au 8 mai. Mais Durant, le patron de l'Union Pacific, tenu en otage par des tailleurs de traverses impayés, manque à l'appel.

Le 10 mai, les deux adversaires sont enfin réunis. Prêts à sceller cette ligne par un dernier clou, en or massif. Manquant de pratique avec de si lourdes masses, les deux gentlemen doivent être aidés. À 12 h 47, les locomotives Jupiter et N° 119 sont nez à nez, Stanford et Durant se serrent la main, l'Ouest et l'Est se rejoignent. On sort le champagne pour valider le travail titanesque de sept longues années. Avec 5 000 kilomètres de rail, on peut traverser le pays en sept jours seulement, contre deux cents auparavant. Les États sont désormais unis.

Charlotte forever

Sur les grands écrans des années 1940, une blonde, garce fatale, vole la vedette à ses partenaires. Son truc en plus réside dans cette longue mèche qui couvre le côté droit de son visage jusqu'aux épaules. Veronica Lake, créature mystérieuse, séduit. Deux pages dans *Life Magazine*, où elle détaille le diamètre et la longueur de ses cheveux, font des étincelles. Les instituts de beauté s'en emparent et les femmes adoptent ce modèle de glamour. Certains prétendent même que l'actrice contribue à « remonter le moral des Américains » durant cette période troublée.

Il faut dire que les hommes partis au front et les usines embauchent les femmes au foyer, qui participent désormais à l'effort de guerre. Et ces « soldates sans armes » ne sont pas prêtes à tous les sacrifices. Nombreuses sont celles qui souhaitent continuer à ressembler à leur idole. Le glamour avant tout. Mais la coiffure ne tient pas, les nouvelles ouvrières la remettent sans cesse en place, interrompant leur besogne. Pis, les accidents se multiplient. Les machines avalent ces cheveux offerts, scalpant quelques-unes de ces dames.

Le gouvernement attaque alors le problème à la racine. On demande à Miss Lake de tourner un film où elle consent à un style plus sage, davantage adapté au travail en usine. L'actrice s'exécute et dégage sa bobine. Ses cheveux sont rassemblés en deux nattes attachées en V sur l'arrière du crâne. Service rendu à la patrie. Baptisées *Victory rolls*, ces nattes font des émules et les ouvrières suivent la nouvelle mode. Et ajoutent un filet pour leur sécurité. Une coiffure, une charlotte, les voilà protégées des accidents, de la poussière et de la graisse. Message séduisant bien reçu.

Désormais, Veronica joue ornée de ce nouveau trophée capillaire. Mais, amputée de cette caractéristique, elle voit sa carrière décliner. Le décès de son père dans un accident industriel, quand elle avait 10 ans, l'avait déjà entraînée dans une schizophrénie paranoïde. L'alcool qui pimente par trop sa vie maintenant la rend imbuvable. Son comportement agace sur les plateaux et on ne veut plus d'elle. Elle finit serveuse d'un bar à cocktails dans les années 1960, logeant dans un hôtel miteux. Hollywood est loin et la vamp énigmatique a tout perdu. À commencer par sa marque de fabrique, sa longue mèche dorée.

Les foudres de guerre

Deux hommes, deux courants. En 1883, Nikola Tesla travaille pour Thomas Edison, qui vient de créer le réseau électrique de New York. Mais la norme choisie par Edison, le courant continu, entraîne accidents, pannes et incendies à répétition. Tesla lui propose alors ses travaux sur le courant alternatif, plus stable. Refus catégorique d'Edison, qui consent néanmoins à verser une prime de 50 000 dollars à son employé s'il parvient un jour à prouver la supériorité de l'alternatif.

« Quelle prime ? » lui rétorque Edison le moment venu. Se sentant méprisé et trompé, Tesla claque la porte et s'associe à l'entrepreneur George Westinghouse pour développer son courant alternatif. Désormais menacé sur son terrain, Edison veut absolument tuer dans l'œuf cette union concurrente et imposer son standard. Il n'a alors de cesse de démontrer la dangerosité de l'alternatif. Westinghouse tempère ces attaques par des réponses concrètes et la promesse d'importants bénéfices.

Pousse-au-crime, Edison est prêt à tout. Il fait ramasser des animaux errants et les électrocute en place publique pour prouver la barbarie du système concurrent. Puis répond à la demande de l'État de New York : quelle est la meilleure solution pour exécuter les condamnés à mort ? Il affirme que le courant alternatif est si puissant qu'il peut tuer instantanément. Une ruse, une occasion en or pour discréditer ses concurrents par cet acte horrible.

En 1890, il engage l'ingénieur Harold P. Brown qui met au point, grâce à un générateur à courant alternatif, la chaise électrique. En août, William Kemmler est le premier condamné à en faire les frais. De longues minutes, une boucherie, une agonie. Edison pousse le vice en tentant d'imposer le verbe *to westinghouse* pour évoquer cette exécution barbare. Sans succès.

Edison a la rancœur tenace. Treize ans plus tard, alors que le courant alternatif est devenu la norme aux États-Unis, il poursuit sa campagne de dénigrement. Et propose de griller Topsy, une vieille pachyderme accusée d'avoir piétiné son tortionnaire de dresseur. Le courant de Tesla comme machine à tuer. Un millier de personnes assistent à ce spectacle de grand-guignol où Topsy rend l'âme, sacrifiée sur l'autel d'une morbide concurrence.

Acculé, Thomas Edison finira, lui aussi, par se lancer dans la production d'équipements adaptés au courant alternatif. En homme d'affaires averti.

À la masse

À pierre fendre. En ce matin glacial du 4 février 1912, Franz Reichelt n'est pas avare de détails sur son invention. Et pas peu fier que la Préfecture de police l'autorise à expérimenter son parachute sur un mannequin depuis la tour Eiffel.

Ce tailleur pour dames voue une admiration sans bornes aux fous volants, les nouveaux héros du ciel. Et se désole que les débuts de l'aviation engendrent autant de morts. Il compte bien y remédier. Franz confectionne une tenue pour aviateur facilement convertible en parachute. Cela tombe bien, l'Aéro-Club de France offre une récompense de 10 000 francs à qui imaginera une telle voilure de moins de 25 kilos. Son large manteau est inspiré de l'anatomie de la chauve-souris. La toile de caoutchouc est munie d'ailes triangulaires laissant l'air s'engouffrer entre le corps et les membres.

Alors il teste. Il balance des mannequins du cinquième étage de son immeuble, multipliant les crashs dans la cour de la rue Gaillon, à Paris. Déterminé, il allège au fur et à mesure son attirail et tente à son tour le saut de l'ange. Sans succès, mais sans dommage grâce à un matelas de paille. La surface d'exposition de l'air reste trop faible pour le ralentir et la forme triangulaire se révèle davantage adaptée à un déplacement horizontal qu'à une descente toute verticale. Lui est certain de manquer de hauteur. Il lui faudrait sauter de 50 mètres pour prouver l'efficacité de son bric-à-brac. Rien de plus. Et il a trouvé le lieu parfait pour cela.

Au premier étage de la Dame de fer, les amis de Franz comprennent qu'il a une idée derrière la tête. Ou plutôt un parachute, et point de pantin à sacrifier. Il a menti. C'est lui qui fera le saut de l'ange. Il veut devenir un héros. À 8 h 22, il pose un pied sur le garde-fou et regarde la caméra qui tourne 57 mètres plus bas. Il hésite, arrange ses ailes. Ses pieds vont, viennent, 40 secondes durant. Il doute de son engin. Va-t-il réussir à voler pour atterrir en douceur ? Le voilà décidé. Alors il saute et tombe à la verticale, comme une masse. Une partie de l'équipement ne se déploie pas.

Mort, le fou volant laisse un cratère profond de 14 centimètres dans le sol gelé. « Les yeux grands ouverts, dilatés par la terreur », décrivent les journalistes.

Franz ne savait pas que, deux jours plus tôt, Frederik Law avait, lui, réussi le même pari en sautant depuis la statue de la Liberté. Avec un parachute circulaire.

Jardins d'Éden

Après avoir été le disciple de Louis Pasteur, isolé le bacille de la peste et exploré l'Indochine, Alexandre Yersin pose ses valises de bactériologiste à Nha Trang, au Vietnam, en 1890. Loin des labos, face à la mer. Protégé par Paul Doumer, soutenu par Émile Roux et Albert Calmette, il développe ses recherches sur les maladies animales comme la fièvre aphteuse. Grâce à son élevage de chevaux et de bovins, il produit en quantité sérums et vaccins contre la peste, la rage, la variole et la diphtérie. Il vend « à bon marché » et soigne les plus humbles gratis. La médecine est pour lui un « pastorat », pas un métier.

Mais comment poursuivre ses recherches et ses expérimentations médicales sans être payé ? Il doit trouver des fonds. Sa grande curiosité va l'y aider. D'abord, son intérêt pour l'agronomie tropicale. En 1895, Yersin exploite une plantation de 500 hectares à Suoi-Giao. Ses premiers essais portent sur le caféier, la coca et le palmier à huile. Il suit de près l'évolution de ses plants, désormais outils de travail et premières sources de profit. Il entre notamment en correspondance avec différentes entreprises, comme le semencier Vilmorin.

Le jeune médecin cultive aussi le goût pour différentes technologies comme la météorologie, l'astronomie, l'automobile et l'aviation naissantes. Il devine alors l'essor du pneu. Ce sera sa meilleure intuition. Et une aubaine. Il est le premier à importer et à acclimater l'hévéa dans le pays.

En 1903, le premier kilo de latex est utilisé par les frères Michelin pour un essai. Satisfaite, la firme achète plusieurs récoltes. Un beau butin pour les projets de Yersin. En une vingtaine d'années, les industriels débarquent dans la région et, comme la marque au Bibendum, investissent à grande échelle. Grâce à ces financements, l'ancien explorateur mène à bien ses recherches, fonde l'École de médecine de Hanoi, coordonne les instituts Pasteur indochinois...

Très respecté dans le pays, on le considère comme un « Bouddha vivant ». À sa mort, les pêcheurs, pour la première fois, ne sortent pas en mer. Son patronyme est désormais le seul nom français à toujours figurer sur le fronton des bâtiments officiels vietnamiens.

Gros plein de soupe

L'hiver s'installe. Il peut être glacial à Chicago. Les hommes se mettent en file pour avoir droit à leur ration. Il y a un an déjà, le Jeudi noir a secoué le pays et les chômeurs, les pauvres, les sans-abri sont légion. Les soupes populaires sont encore rares et celle-ci est l'une des premières. Alphonse en est fier. Pardon, Monsieur Capone en est fier.

Une décennie plus tôt, le pays est prospère. Depuis la Prohibition instaurée en janvier 1920, les mafieux italo-américains sont parvenus à bousculer le monopole des Irlandais. Et à se faire une place dans cette criminalité qui gangrène la ville. Al Capone est une sorte de héros bravache aimé des Chicagoans. Lui qui résiste au gouvernement et à cette interdiction injuste de consommer de l'alcool. Son style de vie séduit. Fedora, costumes rayés, cigares, Cadillac blindée… Capone se met en scène et construit un personnage. Plaisantin, grivois, débonnaire, le demi-sel fréquente les huiles de Chicago. Il sert la soupe aux policiers, hommes d'affaires et politiciens véreux. Scarface devient une légende vivante, portée par une presse avide de ses aventures.

Seulement, la Grande Dépression frappe. Son train de vie et le massacre de la Saint-Valentin choquent. Le trafic d'alcool passe encore, mais les meurtres de sang-froid, c'en est trop. Pour les classes populaires, il n'est plus le citoyen qui se bat pour obtenir sa part du rêve américain. Un profiteur, un meurtrier. Sa popularité fond comme un glaçon dans un verre de bourbon. Le gangster sait aussi que le président Hoover veut lui faire endosser la responsabilité des problèmes liés à la criminalité dans la cité des bords du lac Michigan.

Le fier-à-bras s'engage alors dans un bras de fer médiatique. Il ouvre une soupe populaire en novembre 1930. Un soutien, intéressé, aux ouvriers, aux laissés-pour-compte, à cette marée de crève-la-faim. Les nécessiteux affluent. Le voilà vengé, car l'équation est simple : honte pour la mairie de Chicago et lauriers pour Little Caesar qui fait le job.

Mais le procès intenté par l'État au sujet de ses comptes bancaires a raison de lui. La sentence est lourde : ce sera onze ans de taule pour fraude fiscale, un record. Il traîne son boulet de prison en prison pour finir à Alcatraz, alors que la syphilis endommage son cerveau.

Une fois libre, Al Capone a les facultés intellectuelles d'un enfant de 12 ans. Le boss meurt dans sa propriété de Palm Island à Miami Beach, loin de la soupe populaire, des chômeurs, des sans-abri. Lui, à l'abri du besoin.

Retard à l'allumage

Comme convenu, le steward toque à la porte à 6 h 15. Pas de réponse.

Monsieur Diesel va finir par être en retard. Ses compagnons de voyage sont appelés en renfort, tambourinent à la porte de la cabine. Rien. A-t-il eu un malaise ? On décide alors d'entrer, et stupeur ! Ils découvrent... une cabine vide. Le lit n'est pas défait, la valise est fermée. On fouille le *Dresden* de fond en comble. Pas de trace de l'ingénieur franco-allemand sur le bateau. Il s'est comme volatilisé.

La veille au soir, le 29 septembre 1913, il avait embarqué à Anvers, direction l'Angleterre. Il se rendait à une réunion de travail prometteuse, avec l'espoir d'inaugurer bientôt une usine de moteurs.

Depuis vingt ans, l'industrie allemande est en pleine expansion. Certes efficaces, les machines à vapeur restent toutefois bien trop gourmandes en charbon et ont surtout mis sur la paille de nombreux artisans. Rudolf Diesel s'est alors promis d'améliorer les conditions de vie des petites gens en concevant un moteur maniable, puissant et surtout peu onéreux. Qui tourne lentement, mais sûrement.

Après des années de labeur et de doutes, il conçoit un moteur à huile lourde. Le faible coût du combustible attire les industriels comme Krupp ou Man et, bientôt, son invention équipe usines, centrales électriques, navires marchands… Rudolf Diesel est au sommet de sa gloire. Et au centre des tensions internationales.

L'empereur Guillaume II compte moderniser sa marine de guerre pour rivaliser avec les Anglais. Diesel est alors courtisé par l'armée allemande. Mais il refuse que son innovation devienne un outil pour la guerre qui se prépare. Piètre investisseur et panier percé, il doit néanmoins reconstituer sa richesse. L'Angleterre sera sûrement la terre où il pourra conclure de nouveaux contrats, inoffensifs ceux-là.

Le 10 octobre, le *Coertsen* retrouve Rudolf Diesel. La décomposition du corps flottant est telle que le capitaine exclut de le hisser à bord. L'équipage récupère toutefois les effets personnels (portefeuille, lunettes, couteau de poche…), qui seront identifiés trois jours plus tard.

Le sachant ruiné et dépressif, la famille pense à un suicide. Certains y voient plutôt la main d'un complexe militaro-industriel qui le jugeait bien peu coopératif ou le résultat de la colère de Guillaume II. Alors on accumule les preuves d'un assassinat. Et l'on découvre des coïncidences troublantes : il n'était pas enregistré sur la liste des passagers du steamer, il n'a laissé aucun billet d'adieu, une croix bien mystérieuse trône sur la date du 29 septembre dans son agenda… Le mystère ronronne encore.

À tombeau ouvert

Les moteurs chauffent. Il est à peine 3 h 30 du matin ce dimanche 24 mai 1903. Les engins de cent dix constructeurs vrombissent sur la ligne de départ. Louis arbore le dossard numéro 3, Marcel le 63. Ils prennent chacun place dans une automobile de leur cru. Ils connaissent bien ce genre d'épreuve, ils en ont remporté une flopée. Les précédentes victoires des deux frères Renault ont fait connaître la marque. Le départ est donné. Organisée par l'Automobile Club de France, la course Paris-Madrid commence !

Les grosses voitures, les légères, les voiturettes et les motocyclettes s'élancent. Direction Bordeaux, première étape. Les bolides avalent les kilomètres sur des routes de terre et de sable sans revêtement où la piste est envahie par la poussière, le pire ennemi des pilotes. Les chauffeurs se repèrent aux arbres qui bordent la route. Ils ne sont protégés en rien, ni casque ni vitre, malgré les 100 kilomètres-heure allégrement dépassés. Les freins restent rudimentaires. Les pneus plissent, crissent, glissent. La foule se presse, sans conscience du danger permanent.

Les organisateurs estiment à 2 millions le nombre de badauds. Alors gardes champêtres et gendarmes veillent au grain. À l'entrée des villages, on sonne le clairon à l'approche des voitures, mais rien n'y fait : les accidents se multiplient. Le premier tué meurt carbonisé dans son auto en flammes. Une spectatrice imprudente se fait faucher. Un autre coureur décolle d'un pont et atterrit sur un enfant et deux soldats. Un troisième trépasse en percutant un concurrent. Un quatrième heurte un cabot rôdant. Le chien écrasé finit dans la rubrique du même nom, au milieu des photos des malheureux.

Louis Renault est dans le peloton de tête. À l'approche de Poitiers, Marcel dépasse un concurrent, mais rate le virage, aveuglé par un nuage de saletés. Sa Renault 4 cylindres verse dans un fossé, rebondit avant de s'immobiliser. Avec son fidèle mécanicien René Vauthier, il fait un vol plané de 6 mètres. Marcel est dans le coma, touché à la moelle épinière. On le transporte dans une ferme voisine pour lui administrer les premiers soins. Mais il meurt deux jours plus tard sans avoir repris connaissance.

Avant de devenir associé dans l'entreprise Renault et de mener l'usine de Boulogne-Billancourt vers le succès, son frère Louis termine deuxième de l'épreuve, en 5 h 29. Mais, face à l'horrible bilan, la compétition est annulée.

C'était la première course Paris-Madrid. C'était la dernière course Paris-Madrid.

Musique alternative

Un matin de septembre 1940, ses mains tremblent, le journal aussi. Un sous-marin allemand a torpillé un bateau de réfugiés anglais fuyant le Blitz ; des dizaines d'enfants sont morts noyés. Hedy Lamarr est dévastée.

Star d'un Hollywood où elle s'ennuie, la comédienne est aussi une bricoleuse hors pair, dévorant des manuels d'ingénierie et mettant au point toutes sortes d'inventions. Face à la tragédie, elle se doit d'agir.

Lors d'une soirée, elle raconte au compositeur George Antheil les dîners qu'organisait son premier mari, le plus grand fabricant d'armes d'Autriche. On y parlait nationalisme, guerre et torpilles. Lassée, écœurée, Hedy s'est enfuie avec les bijoux et, surtout, des informations top secrètes. Elle sait par exemple que les torpilles américaines ratent bien trop souvent leur cible. Une aubaine pour les ennemis des États-Unis.

Elle imagine alors des torpilles téléguidées, avec le risque qu'elles soient interceptées. L'idée est bonne, mais imparfaite. Hedy et George vont travailler de concert des heures durant pour trouver une solution. Un soir, lors d'une pause bienvenue, ils se lancent un défi au piano. Elle improvise un air que son ami doit saisir au vol, avant d'enchaîner avec un autre morceau, qu'elle reprend à son tour. Et ainsi de suite. L'exercice est joyeux et fécond. Quand, tout à coup, Hedy s'arrête de jouer : elle a trouvé ! L'émetteur et le transmetteur n'ont qu'à se répondre en changeant de fréquence à chaque fois, au même moment. Ainsi, l'ennemi sera incapable d'intercepter les signaux.

Après des mois de labeur, la technique d'étalement de spectre est née. Le 11 août 1942, leur système de codage de transmissions secrètes pour le radioguidage des torpilles est breveté. Hedy propose la trouvaille à l'armée américaine... qui n'en veut pas. Une actrice ! La première à avoir simulé un orgasme à l'écran, qui plus est... Non, franchement, qu'elle mette ses atouts au service de la vente des obligations de guerre, comme le font les autres comédiennes, et merci quand même.

Le brevet est classé sans suite et secret défense. Ses rêves d'inventrice géniale remisés, Hedy retrouve les plateaux de cinéma et tourne des films aux titres doux-amers : *La Femme déshonorée*, *Espionne de mon cœur*...

Pourtant, vingt ans plus tard, son heure de gloire est arrivée. Sa technologie est utilisée par l'US Navy lors de la crise des missiles de Cuba, puis reprise pour les systèmes de positionnement par satellite et les liaisons Wi-Fi. L'invention de Hedy fonctionne, mais ne sera reconnue par un prix honorifique qu'à la toute fin de la vie de l'actrice, en 1997.

Le Jour des inventeurs est fixé au 9 novembre, jour de sa naissance. Une inventrice est enfin née.

Au diable la vie éternelle

Genève luit de mille feux en ce soir du 23 décembre 1924. Les représentants des principaux fabricants d'ampoules à incandescence d'Europe et des États-Unis sont là. L'entrevue est discrète, l'ordre du jour secret. Car les ventes déclinent. Et ça, les patrons de General Electric, de Philips, d'Osram ou de la Compagnie des lampes ne peuvent l'accepter. Il faut en finir avec la longévité de leurs produits. Au diable les 2 500 heures de lumière vendues depuis des lustres. Qui dit durabilité dit manque à gagner.

Tous s'accordent alors pour contrôler la fabrication, le prix et la vente de leurs lampes à incandescence. Et fondent la Compagnie industrielle pour le développement de l'éclairage, vite surnommée Phoebus. Ce cartel change d'ailleurs régulièrement de nom pour laisser le moins de traces possible. Car tout cela est bien sûr illégal. L'obsolescence programmée est née.

L'année suivante, le Comité des 1 000 heures est créé. Chaque fabricant doit concevoir une ampoule plus fragile, prévue pour s'éteindre au seuil de ce millier d'heures d'utilisation. Chacun se doit de respecter la norme choisie et de dresser un bilan mensuel. Pour cela, des échantillons sont suspendus sur de grandes étagères, testés et notés dans des rapports réguliers. L'organisation opère un contrôle strict. Si la vie d'une ampoule se révèle trop longue, des pénalités sont prononcées à l'encontre du mauvais élève qui l'a fabriquée.

En l'espace de deux ans, cette durée est tombée à moins de 1 500 heures et, au début des années 1940, l'objectif des 1 000 heures est atteint. Il devient une norme, un argument de qualité même, vendu comme tel par les industriels.

En 1942, le cartel Phoebus est découvert. Et le gouvernement américain entreprend de faire toute la lumière sur cette alliance illicite. Il porte plainte contre GE et ses acolytes, qui se défendent en arguant de la baisse du prix pour les consommateurs. Une ampoule de 60 watts ne vaut plus que 15 centimes, contre 40 en 1920. Après onze ans de procès, les fraudeurs sont condamnés à revoir leur copie. Sans grand effet. Les centaines de brevets concurrents déposés durant les décennies suivantes ne voient pas le jour. Officiellement, le cartel n'a jamais existé.

Phoebus, déclinaison latine du dieu Apollon, signifie le « brillant ». Le dieu immortel.

Mauvaise graine

Le café d'Ennis, dans le nord-ouest de l'Irlande, est plein à craquer. Les paysans trépignent, excédés par les mauvaises récoltes de l'année et par les loyers toujours plus élevés des terres qu'ils cultivent.

Ils sont rassemblés ce 19 septembre 1880 par Charles Parnell, le fondateur de la Ligue agraire. Ce fervent défenseur d'une Irlande indépendante les encourage à se rebeller contre le comte John Crichton, un grand propriétaire terrien qui loue, pour bien trop cher, ses terrains. Et en premier lieu contre son intendant, un bougre à la mauvaise réputation. Il faut dire que cet ancien capitaine de l'armée britannique applique les ordres à la lettre, sans écart ni bienveillance.

Si le comte a finalement consenti une baisse de loyer de 10 %, elle est jugée par les contestataires bien trop éloignée des 25 % demandés. À ceux qui ne paient pas leur dû, ledit intendant répond par la brutalité. Le 22 septembre, il envoie huissier et argousins au seuil de onze fermes pour mener à bien quelques expulsions en bonne et due forme. Mauvais payeurs et effets personnels partent à dos de mulet.

Alors la colère gronde. Que faire ? Qu'on étripe l'intendant ! hurlent les cultivateurs. Mais Parnell leur propose une solution à première vue plus pacifique, qu'il nomme « quarantaine morale ». Faites comme s'il n'existait plus, ignorez-le, placez-le dans la honte de son geste. D'abord sceptiques, les paysans s'accordent à tester cette nouvelle méthode. Métayers et ouvriers ne lui adressent plus la parole. Et convainquent à coups d'arguments et de menaces les commerçants du village d'en faire de même. Plus de main-d'œuvre, d'alimentation, de courrier ni de télégraphe. Les plantations de l'homme du comte Crichton commencent à pourrir. Mis à l'écart, il doit à son tour trouver une solution.

Le 14 octobre, décidé à sauver ce qui lui reste de cultures, il envoie une lettre au *Times* pour expliquer son cas et se faire passer pour la victime. L'affaire devient nationale et son cas divise. Le gouvernement envoie des moissonneurs, sous protection militaire.

Une fois la récolte terminée, l'intendant, ruiné et sans aucun avenir sur place, n'a plus qu'à déguerpir. Il se trouve une carriole, mais aucun chauffeur. Pas de traître dans les rangs. C'est donc dans une ambulance militaire et sous bonne escorte, honneur et famille sous le bras, qu'il quitte la région.

Charles Boycott part se faire oublier sur le Nouveau Continent. Lui parti, il ne restera que son nom.

Pétroleuse philanthrope

Brooklyn, 26 juin 1912. Attendu que la présidente de la Clad Manufacturing Company n'est pas en mesure de payer ses fournisseurs, l'honorable juge Mayer la condamne à vingt jours de détention et à une amende de 3 000 dollars. La course effrénée de Nellie Bly marque le pas. La jeune femme regrette le temps où elle parcourait l'Amérique durant le XIXe siècle finissant.

Trente ans plus tôt, elle s'aventure dans le journalisme et enchaîne les coups d'éclat. Embauchée dans une usine de conserves, elle y dénonce les conditions difficiles des ouvrières. Son reportage est un succès. Mais les industriels de la région font pression sur le journal pour qu'elle soit renvoyée. Nellie Bly évite le licenciement, mais hérite de la rubrique théâtrale, sans intérêt pour elle.

Alors, elle part travailler pour Joseph Pulitzer, qui lui propose un reportage en immersion appelé à faire date : internée dans un asile pour femmes, elle racontera ce monde clos. Nellie Bly se fait donc passer pour folle, devient une patiente dix jours durant et révèle les conditions de vie inhumaines des aliénées. Elles sont maltraitées, attachées avec des cordes, alors que les rats pullulent entre la nourriture avariée et l'eau croupie. Ses révélations deviennent un scandale national et entraînent une refonte des asiles.

Les reportages s'enchaînent. Mais la journaliste en veut plus. Pourquoi ne pas défier Phileas Fogg et réaliser un tour du monde en moins de quatre-vingts jours ? Pulitzer y croit et finance l'expédition. À chaque étape, elle envoie un reportage narrant les us et coutumes du pays où elle se trouve et n'omet pas d'y dénoncer la pauvreté dont elle est témoin. Les exemplaires des numéros où paraissent ses articles s'arrachent et les paris sur la réussite de son challenge se multiplient. Au cours de son périple, elle rencontre Jules Verne, qui la félicite. La mission est accomplie en soixante-douze jours seulement. La reporter est désormais mondialement célèbre.

À 31 ans, elle épouse Robert Seaman, le patron millionnaire de la Clad Manufacturing Company, une fabrique de bidons métalliques de lait. À sa mort en 1904, Nellie devient par défaut une femme d'affaires. Et n'oublie pas ses premiers articles sur la condition ouvrière : elle instaure donc le salaire journalier, réduit le temps de travail et innove. La pétroleuse compte remplacer les trop fragiles tonneaux de bois servant pour le transport des hydrocarbures et fait breveter un baril en métal de 200 litres, qui deviendra la norme.

L'entreprise prospère, les salariés sont heureux d'y travailler, les affaires tournent. Sauf que la compagnie perd de l'argent, pillée par son directeur adjoint. Nellie enchaîne les procès pour récupérer ses biens, avant d'être condamnée pour impayés. Elle revend alors son entreprise et rejoint un ami en Autriche pour y trouver conseils, argent et repos. La course est finie.

À un détail près. Le 28 juillet 1914, l'Autriche déclare la guerre à la Serbie. Le lendemain, Nellie Bly devient correspondante de guerre. Et sa course reprend.

L'ami du petit déjeuner

Miami, février 1936. Comme il l'a déjà fait devant Henry Ford, Thomas Edison, Sarah Bernhardt et Johnny Weissmuller, le docteur John Harvey Kellogg expose avec délectation ses pratiques thérapeutiques à George Bernard Shaw. Depuis son adolescence, John suit les commandements de l'Église adventiste du septième jour. Sa guide spirituelle, Ellen White, à qui le Tout-Puissant a semble-t-il parlé, prône une révolution sanitaire axée sur le soleil, l'air pur, l'eau, l'exercice physique et la nutrition.

Derrière le décorum de la nouvelle paroisse, l'intention est bonne. Au mitan du XIXe siècle, les bains sont rares, les fruits et légumes absents des assiettes, l'espérance de vie s'élève à 41 ans. C'est peu, et il faut que cela change. Adieu tabac, alcool, cochon, café… Place aux noix, à l'hydrothérapie, au sport et à l'hygiène.

La prêtresse White place son jeune protégé à la tête de son Institut de la réforme sanitaire, où le bon docteur Kellogg laisse libre cours à son imagination la plus fertile. Il met au point divers produits comme un beurre de cacahuète, du café de substitution à base de céréales et de la viande végétale.

Il développe surtout le principe d'une attitude vertueuse, où intimité et plaisir riment uniquement avec péché, où l'abstinence est célébrée et l'acte sexuel, qui met en péril la santé et le couple, honni. Oh, certes pas autant que le plaisir solitaire... ce vice propre à engendrer la folie, l'épilepsie, l'impuissance, voire les cancers en tout genre. « Des victimes meurent de leurs propres mains ! » écrit-il le plus sérieusement du monde. Il prêche donc la chasteté et propose des solutions simples et rudimentaires : la circoncision sans anesthésie, le bandage des mains ou, dans les cas les plus désespérés, l'installation d'une cage idéalement située autour de la taille du garçon égaré et corrompu par le Malin.

Fruit du hasard, Kellog découvre une solution moins rigoriste : le corn flake. Un bol de céréales plongées dans le lait pour chasser les tentations concupiscentes, une collation propice à un corps et à un esprit sains. Mais oui, voilà la solution.

Alors John prépare, essaie, mitonne. Son frère et associé Will y met son grain de sel, désireux d'y ajouter un peu de sucre pour rendre le tout plus attirant. Un affront. John considère le sucre comme un aliment nuisible, à bannir, et refuse. Will prend ses distances en 1906 pour créer sa propre société, qui deviendra la Kellogg's Company. Et un empire.

George Bernard Shaw tient cependant, dans l'évangélisation du bon docteur Kellogg, à séparer le bon grain de l'ivraie. Après tout, le dramaturge n'a-t-il pas jugé que, « de toutes les perversions sexuelles, la chasteté est la plus dangereuse » ?

Naissance d'une nation

Ida admire son verger au pied de la colline, abricots et figues s'endorment au soleil couchant. Ils seront parfaits au moment de la prochaine récolte. Sa petite affaire de fruits en conserve tourne bien. Mélancolique, elle se souvient de cette balade à cheval réparatrice, avec son époux Harvey, après la mort de leur fils. Et chérit leur amour pour ces collines, et du chemin parcouru depuis.

Il y a trente ans, en 1883, Harvey H. Wilcox abandonne sa carrière de fabricant de chaussures et se reconvertit en agent immobilier. Avec Ida, ils s'installent dans les environs de la petite ville de Los Angeles. La campagne, les cultures d'agrumes, une terre quasiment vierge de toute construction. Ils y achètent un immense terrain de 600 000 mètres carrés pour un prix dérisoire. Ida aime tellement sa propriété qu'elle l'embellit, la façonne. Elle plante des poivriers, compose des parterres de fleurs et des jardins à la française.

En février 1887, avec les autorités locales, Harvey réalise une carte du domaine et trace une rue principale. Ida la baptise Prospect Avenue et la borde de toyons à baies rouges. Le long de cette avenue non pavée, Harvey divise le terrain en lots, qu'il revend pour 1 000 dollars l'unité. Une bonne affaire. Ida songe alors à donner un nom à cette immense étendue. Pourquoi pas Hollywood ? Cela sonne bien. Elle importe alors du houx anglais pour justifier le toponyme. Et lève des fonds pour bâtir une école, une bibliothèque et, bien sûr, une église.

La bourgade est désormais reliée à Los Angeles par une ligne de tramway à chevaux et devient une municipalité en 1903. Sept ans plus tard, elle est annexée à Los Angeles et Prospect Avenue s'appelle dorénavant Hollywood Boulevard.

La même année, au fil de ses explorations, le réalisateur D. W. Griffith découvre la petite ville et y tourne un court métrage. Les paysages variés lui plaisent tellement qu'il y enchaîne les tournages. Les cinéastes quittent New York pour s'installer sur cette nouvelle terre. Les studios se montent, les films se succèdent et une nouvelle ruée vers l'Ouest commence.

Si Harvey n'est plus, la « mère de Hollywood » poursuit l'ouvrage. Quand elle s'éteint à son tour en 1914, la capitale mondiale du cinéma éclôt. Les buissons de houx ont rendu l'âme depuis longtemps, Hollywood est désormais un business.

Tous au charbon !

Juin 1984, Gay Pride de Londres. Mark Ashton et ses amis quittent leur QG, la librairie Gay's the World, et se mettent en marche pour défendre leurs droits. Et ceux des mineurs du pays.

L'Union nationale des mineurs refuse le projet de la Commission nationale du charbon, soutenue par madame le Premier ministre en personne, Margaret Thatcher. Il vise à fermer une vingtaine de puits déficitaires et, selon certains, à en finir avec le syndicalisme. Depuis trois mois, des milliers de mineurs débraient dans le Yorkshire et au Pays de Galles. En toute illégalité, le préavis de grève n'ayant pas été soumis au vote.

Le gouvernement a bien anticipé ces arrêts massifs de travail et a pris les devants : constitution de stocks et importation de charbon, interdiction des piquets de grève, aides sociales réduites pour les familles de grévistes... Il en profite pour mettre sous séquestre les fonds du Syndicat national des mineurs et utilise la force pour venir à bout de ces perturbateurs. Les confrontations s'enchaînent et débouchent sur plus de 20 000 ouvriers blessés et 12 000 arrestations.

Un soutien populaire émerge alors. Mark Ashton fonde le LGSM, le Lesbians and Gays Support the Miners, et lance une collecte pour soutenir les grévistes. Placés devant les bars gay de la capitale, des seaux se remplissent de livres sterling. Un concert caritatif est également donné à l'Electric Ballroom, dans le quartier de Camden Town, le 10 décembre 1984, avec en tête d'affiche le groupe Bronski Beats.

Les points communs entre les gays et les grévistes sont nombreux. Ils affrontent les mêmes ennemis : le pouvoir, les forces de l'ordre et les médias. Rejets, humiliations, descentes de police et invisibilité permanente. Le quotidien *The Sun* fait sa une sur cette union peu banale avec une formule qui provoque rires gras ou indignation : « Pits and perverts ». Les puits et les pervers. Le ton est donné et Mark craint le pire. Si les syndicats sont détruits, « alors plus rien ne s'opposera à la répression », explique-t-il. Communiste militant, il y voit aussi un moyen de faire avancer sa cause : afficher les revendications de la communauté homosexuelle, obtenir une présence politique et médiatique et des traitements contre le sida. Une urgence.

Ce mariage entre les mineurs et les homos ne va pas de soi : les idées préconçues existent dans les deux camps. Et pourtant, il fonctionne à merveille. Plus de 33 000 livres sterling sont récoltées et les piquets de grève sont partagés. Mais, au bout d'un an, la désillusion est grande, la défaite amère : aucune concession de la part de Thatcher. La Dame de fer a gagné.

Juin 1985, autre Gay Pride. Mark et ses amis défilent en tête de cortège. Avec les mineurs pour compagnons de cette marche des fiertés. Défiler pour une cause qui n'est pourtant pas la leur, comme un juste retour des choses. Une première.

Dix-huit mois plus tard, les mineurs sont de retour à Londres. Mais, cette fois, pour l'enterrement de Mark. Le sida a gagné.

Vie d'un commis voyageur

Hôtel Waldorf Astoria, 1956. Oscar Fraley tente de convaincre Eliot Ness, représentant de commerce, de passage à New York, de le laisser écrire sa biographie. Les deux hommes tombent d'accord. L'éditeur va retracer, deux décennies après les faits, la glorieuse histoire de l'agent qui a pourri la vie d'Al Capone.

Habitué des unes des quotidiens quand il traquait les trafiquants d'alcool, Eliot Ness les a désertées depuis la fin de la prohibition en 1933. Héros oublié de l'Amérique, il enchaîne boulots et goulots. Devenu directeur de la sécurité publique, il échoue à coffrer le Meurtrier aux torses de Cleveland, un tueur en série aux treize victimes décapitées et découpées, qui ferait passer Capone pour un séraphin joufflu. Le héros perd de son aura, d'autant qu'il a pris la mauvaise habitude de lever coude et midinettes. Un accident de voiture, alors qu'il est ivre, l'oblige à démissionner. Rideau sur la justice.

Il prend la tête de la Diebold Corporation, une entreprise de coffres-forts misant sur le sentiment de sécurité qu'il peut offrir aux Américains. L'affaire périclite. Viré.

Il se lance dans la course à la mairie de Cleveland. Battu. Vient alors le temps des petites besognes : maigre grossiste en pièces électroniques, vendeur de steaks hachés surgelés... Il rebondit en se faisant débaucher par la Guaranty Paper Corporation en 1953. Sa probité et son expertise dans la contrefaçon de documents officiels le servent. Le voilà commis voyageur à vendre du papier, à conter goguette aux poules enivrées, à descendre vingt scotches chaque soir.

C'est sur ces routes qu'il rencontre l'éditeur Fraley. Éméché et fauché, Ness accepte la proposition pas tout à fait honnête. Raconter une vie héroïque et faire rêver le lecteur. Les jobs ratés sont effacés, l'alcoolisme évaporé et le puissant bootlegger de Chicago Al Capone arrêté sous le joug obstiné de Ness et non pour fraude fiscale... Eliot Ness s'est laissé corrompre. Peu importe, tout le monde a oublié.

Le livre est un succès et devient le terreau d'une nouvelle légende. La télévision des années 1960 fait du fin limier une icône, à nouveau héros magnifique. Mais, l'alcool ayant remporté cette bataille, Eliot Ness n'en saura rien. L'incorruptible est mort d'une crise cardiaque en 1957.

Les cris

L'automne colore depuis longtemps déjà les rues de Christiania. À 15 ans, Edvard fait sa première rentrée au Collège technique. Son avenir est assuré, il va devenir ingénieur et faire carrière. Christian, son père, le souhaite ardemment. Ils ne sont pas d'accord tous les deux, mais l'autoritarisme et les violentes colères du patriarche font encore loi en cette année 1879. Alors, le dessin reste un agrément pour l'adolescent. Une indulgence. Certainement pas un métier.

Edvard ne cherche pas à contrarier son père à tout prix, car l'homme a bien du courage, bien des malheurs. Médecin militaire, ses obligations le poussent à déménager trop souvent aux yeux de ses enfants. Il trimbale sa tribu de quartiers bourgeois en cités ouvrières, de centres-villes en faubourgs paysans. La précarité de la situation n'améliore pas la santé fragile de la famille. Son épouse Laura, l'artiste de la maison, ne survit pas à son cinquième accouchement et meurt de la tuberculose au pied de l'arbre de Noël.

Christian sombre dans une dévotion religieuse solide et durable, tonnant après les enfants à la moindre faute, au moindre égarement. Ses fureurs ont pour seule obsession le droit chemin que se doivent d'emprunter les siens. Coûte que coûte. Comme ses frères et sœurs, Edvard se plie, dans une obéissance malheureuse face au risque d'une damnation éternelle. La bigoterie prend définitivement le pas sur les plaisirs quotidiens. À cela s'ajoutent asthme et bronchites à répétition, qui éloignent régulièrement l'enfant de l'école. Le décès de sa sœur aînée le plonge plus encore dans un climat permanent d'angoisse, où la maladie et la mort rôdent. C'est aussi une source d'inspiration.

Cela fait maintenant un an qu'Edvard suit ses études d'ingénierie. Il s'ennuie, rêve de plus grand, de plus beau. Les cris du paternel n'y font rien. Le 8 novembre 1880, il rédige dans son journal cette phrase catégorique : « Ma décision est maintenant irrévocable. Je serai peintre. » Il s'inscrit à l'école royale de design de Christiania.

Christiania deviendra Oslo. Edvard deviendra Munch. Son cri sera plus fort que celui du paternel. Et le peintre ne croira plus en Dieu ni en l'éternité.

Dans la ligne de mire

La pluie a cessé. L'agitation plane déjà sur la ville ce matin du 22 novembre 1963. Abraham Zapruder hésite à prendre avec lui sa caméra Bell & Howell : le temps reste couvert. Il embrasse sa femme, remet en place son nœud papillon, passe devant le piano et quitte l'appartement. Sans sa caméra.

Le chef d'entreprise se rend à sa fabrique de vêtements pour travailler sur une nouvelle collection. La matinée s'étire. Il compte profiter de sa pause déjeuner pour aller regarder passer le cortège, même si son associé se moque de sa lubie. Quand sa secrétaire se rend compte qu'Abraham n'a pas apporté la 8 mm, elle l'incite à retourner la chercher. Filmer un président, en couleurs, cela n'arrive pas tous les jours. Elle insiste : un passionné d'images comme lui… Alors il se laisse convaincre et retourne à son domicile.

Le soleil, à son zénith, brille. Le tailleur pour dames et sa réceptionniste arrivent sur Dealey Plaza. Sujet au vertige, il monte pourtant sur un contrefort en béton, aidé par Marilyn, qui le stabilise, et il enclenche sa caméra. John Fitzgerald Kennedy n'a plus que quelques photogrammes à vivre.

Concentré, Abraham filme, vingt-six secondes durant, les policiers à moto, la Lincoln bleu nuit, les drapeaux au vent, le gouverneur, Potus, son épouse, le panneau routier, les mains à la gorge, l'incompréhension, la tête qui éclate, le tailleur rose sur le coffre, l'agent en noir, les badauds qui s'allongent, le cabriolet qui accélère, le tunnel sombre. C'en est fini.

« Ils l'ont tué ! » hurle Abraham. Il le sait, le répète sans relâche à tous les passants qui, pour la plupart, ne savent même pas de quoi il parle. Hystérique, il rejoint ses employés, s'enferme et se défoule sur son bureau. On lui propose un verre, mais il refuse. Le document qu'il a entre les mains vaut de l'or et sera vendu, montré, étudié, revendu, remontré, réétudié. Il s'assoit et pleure. Abraham Zapruder n'a plus que sept ans à vivre.

La Ford Lincoln, elle, a quitté le Parkland Hospital, vide et maculée de sang. Kennedy est mort. Lyndon Johnson a prêté serment dans l'avion, tandis que la voiture a pris la direction du garage des services secrets à Washington. Les enquêteurs passent un mois à relever les fragments de balles et de crâne. La limousine est désormais une pièce à conviction. Elle pourrait être exposée au musée des horreurs de l'Amérique. Certains veulent la détruire, la compresser pour oublier que c'est arrivé, mais ce ne sera pas sa destinée.

Décembre 1963, la Lincoln repart pour la carrosserie Hess & Eisenhardt, à Cincinnati. Là où, deux ans plus tôt, le cabriolet tout neuf avait été aménagé : deux fauteuils supplémentaires, une transmission améliorée, un fauteuil hydraulique pour rendre le Président plus visible, des marches rétractables pour les gardes du corps, une peinture spéciale appelée bleu de minuit et une capote plus haute qu'à l'ordinaire, que Kennedy souhaitait voir ouverte, comme à Dallas. Le 15 juin 1961, la X-100 était livrée à la Maison Blanche, louée pour 500 dollars annuels.

Après l'assassinat, la Lincoln est la seule voiture suffisamment prestigieuse et sécurisée pour convoyer un Président. En concevoir une nouvelle prendrait quatre ans. Alors, pendant cinq mois, on refait, on maquille, on change de peau. Un toit permanent, des vitres blindées, un réservoir d'essence enveloppé d'une mousse pour éviter toute explosion, un moteur plus puissant.

En attendant, le patron du FBI, Hoover, prête sa berline à Lyndon Johnson. Les coûts de rénovation s'élèvent à plus de 200 000 dollars, partagés par la Ford Company et le gouvernement. Quand la Lincoln est livrée le 1er mai 1964, le Président voit rouge : elle est toujours bleu nuit, bien trop associée au rouge sang et au tailleur rose. Il exige qu'elle soit repeinte en noir.

Méconnaissable, la « voiture de la mort » officie jusqu'à la présidence de Gerald Ford. Trônant dans le musée Ford depuis 1977, la Lincoln repose non loin d'un autre stigmate de l'histoire américaine. Le fauteuil à bascule rouge, souillé de sang, dans lequel Abraham Lincoln a été assassiné en 1865. Au théâtre Ford.

Le vagabond des étoiles

Les dernières étoiles prennent leur temps pour ranger leur habit, alors que le jour se pose sur la baie. Jack interrompt sa marche. Il observe au loin les premiers voiliers danser sous le Golden Gate rougi par les feux du soleil naissant. Ce pont est pour lui comme une barrière à franchir, une ligne de départ vers le Pacifique et l'Asie.

Pour l'heure, il reprend son pas vers sa prison quotidienne qu'est la conserverie Hickmott. Le turbineur de 15 ans travaille pour nourrir sa famille, toujours dans l'excès. Pour 10 cents de l'heure, il s'épuise sur une machine vers laquelle les boîtes de saumon défilent et devant laquelle le temps s'allonge. Au bas mot dix heures par jour, souvent le double. Jack quitte l'usine après minuit, sans répit pour lire ou rêver de lointain.

Comme l'alcool, la mer le charme. Il emprunte 300 dollars à sa nourrice et achète un sloop pour naviguer dès le dimanche venu. Comme les autres, il pille les parcs à huîtres avant d'entrer dans la police maritime pour traquer les forbans et leurs coquilles de noix. Il part chasser les phoques dans les mers de Béring et du Japon, première liberté avant de revenir à Oakland en 1894, où il retrouve sa famille ruinée.

Le turbin s'impose, et avec lui la volonté de progresser socialement. Embauché à la centrale électrique du chemin de fer, il pellette du charbon pendant treize heures, pour 1 dollar quotidien et un seul jour de congé par mois. Un travail de bête de somme, loin de la promesse d'un nouveau métier. Jack apprend qu'il fait le boulot de deux manœuvres, payés chacun 40 dollars mensuels avant d'être virés. L'un a préféré se donner la mort. Blessé mais bourré d'orgueil, Jack purge sa peine dans ce bagne plusieurs mois encore, avant de tout lâcher.

Abusé, abîmé, il part traîner ses guêtres auprès des chômeurs qui défilent. « Je ne gâcherai pas mes jours à tenter de prolonger ma vie. Je veux brûler tout mon temps. » Jack London devient couche-dehors, humaniste socialiste, loup de mer, chercheur d'or et homme de lettres. Il comprend que personne ne choisit d'être sans-travail ou va-nu-pieds. À jamais trimardeur, à toujours nourrir les étoiles vagabondes.

L'or noir

Quand les parents de John Paul reçoivent la demande de rançon, ils doutent. Une nouvelle farce de leur fils, assurément. Il s'est souvent amusé à prétendre que la seule manière d'obtenir de l'argent de son grand-père, le magnat du pétrole John Paul Getty Ier, serait qu'il organise son propre enlèvement.

John Paul Getty, troisième du nom, mène une vie insouciante à Rome, où son père John Paul Getty II dirige la filiale italienne. Le 10 juillet 1973, à 3 heures du matin, l'adolescent est enlevé et caché dans un refuge de la montagne calabraise. La rançon s'élève à 17 millions de dollars. Pour de vrai, ce n'est pas une plaisanterie.

Comme les parents ne possèdent pas une telle somme, ils sollicitent l'aide financière du patriarche. Un pécule au regard de l'immense fortune du premier milliardaire de l'histoire et de l'homme le plus riche de la planète grâce à sa compagnie, la Getty Oil. Mais le businessman, connu pour sa pingrerie, refuse. Catégoriquement. « J'ai quatorze petits-enfants. Si je paie cette rançon, j'aurai quatorze demandes de rançon ! »

Le 4 novembre, John Paul fête ses 17 ans, bâillonné et ligoté. Les semaines passent, sans nouvelles. Jusqu'au jour où le quotidien *Il Messaggero* reçoit un colis contenant une mèche de cheveux et une oreille. Et ce mot : « Si vous ne payez pas dans les dix jours, l'autre oreille vous parviendra. En somme, vous le recevrez en petits morceaux. »

Après d'âpres négociations, le père réussit à faire baisser la demande de 17 à 3 millions de dollars. Papy John Paul Getty Ier consent enfin à participer, mais à sa manière. Il avance 2,2 millions de dollars, soit le montant maximum pouvant être défiscalisé, et prête les 800 000 dollars restants à son fils. Avec un taux d'intérêt de 4 %.

Le 15 décembre, John Paul est libéré, une oreille en moins. Lorsqu'il tente de remercier son grand-père, l'aïeul rejette tout contact. Le jeune homme sombre dans la dépression, puis une overdose le laisse quadriplégique et quasiment aveugle.

John Paul Getty Ier meurt paisiblement dans son château de la banlieue de Londres, en 1976. Il lègue 500 dollars à son fils et pas un sou à son petit-fils.

Le tour est joué

Des voitures, des bus, un avion, une loco... Des jouets en bois de qualité, comme il n'en existe pas encore en 1932 au Danemark. La modeste équipe prend la pose dans le jardin pour une photo souvenir. Ole est fier de sa première production.

Depuis quelques mois, ce menuisier subit les effets de la crise économique de plein fouet. Son atelier est fermé ; les tabourets, escabeaux et petits meubles destinés aux fermiers de la région de Billund s'entassent près des tasseaux. La situation est critique.

Père de quatre enfants et désormais veuf, Ole Kirk Christiansen doit réagir et recycler son bois. Lui vient alors l'idée de confectionner des jouets. Son premier modèle, un canard à roulettes, amuse beaucoup ses garçons. L'artisan choisit le meilleur bois possible, coupé à la main pour assurer un haut niveau de qualité, réembauche ses anciens employés et lance la fabrication de voitures et de yoyos.

La commande d'un grossiste est une aubaine. L'idée de voir leurs produits exposés dans les boutiques de la région pour Noël motive la petite troupe. Mais l'acheteur fait faillite. Ole se retrousse alors les manches et démarche lui-même les commerçants. Il investit ses premiers bénéfices dans une fraiseuse : précision et gain de temps. Tout va pour le mieux.

Un incendie, en 1942, noircit le tableau : l'atelier, le bois, les modèles et les dessins sont réduits en cendres. Jamais battu, Ole y voit l'occasion de tout repenser, de s'agrandir et d'innover. Lors d'un salon professionnel à Copenhague, en 1946, il découvre une machine de moulage, et avec elle quelques morceaux de plastique, en forme de briques, fraîchement produits. Le fabricant investit encore. Les premiers joujoux nouvelle génération sont des oursons, des hochets, puis le tracteur Ferguson gris en pièces détachées, grand succès de la jeune marque. Mais l'inventeur se creuse les méninges pour trouver une destinée à ses briques.

Désireux que ses petits clients s'amusent, Ole leur souhaite de « jouer bien », *leg godt* en danois. Il ne lui reste plus qu'à contracter les deux mots : Lego. Et à conquérir le marché du jouet.

Auto-stop

Robert embrasse Pierrette et file sous l'air bien trop frais d'un mois de mai. Le jeune marié se rend sur l'île Seguin, où Renault attend ses talents de photographe. Il chérit son métier et remercie intérieurement Lucien Chauffard, le chef du service, de l'avoir embauché quatre ans plus tôt. Mais il commence à tourner en rond et s'essaie à d'autres projets. Il sait que, ce matin, il essuiera le sempiternel : « Robert, vous êtes encore en retard ! »

Louis Renault a toujours tenu à immortaliser la vie quotidienne de son usine : les machines, la salle d'essais des moteurs et la nouvelle organisation fondée sur le travail à la chaîne, les derniers modèles, les événements importants… Une mission confiée à des photographes salariés à plein temps, dont Robert fait partie. Les baladeurs, comme on les appelle, arpentent les allées.

À chaque jour sa tâche. Hier, une presse toute neuve, des hélices de ventilateurs, de la tôle. Aujourd'hui, un coupé Celtaquatre à sublimer dans le parc de Saint-Cloud. Demain, un « Déjeuner sur l'herbe » recomposé pour une réclame. Bientôt, le concours d'élégance annuel, où une belle en grande toilette posera sur un Viva Grand Sport.

Au quotidien, Robert met en scène ses copains : serveuses du mess, dactylos, employés du service publicité jouent les modèles pour échapper pendant quelques heures au labeur répété.

En revanche, les ouvriers, « caïds, seigneurs de l'usine », l'impressionnent. L'apprenti reste à distance, avec pudeur et réserve, demande leur permission. Beaucoup prennent la pose, fiers de leur dur labeur. Robert capture les épisodes de la journée, sur l'ouvrage, dans les vestiaires, à la cantine ou en pause. Ses clichés témoignent d'un travail sur la lumière et ses reflets, la composition, où la voiture devient parfois un prétexte dans le cadre, une excuse pour expérimenter, y ajouter sa poésie aussi. Robert apprend son métier et son art.

« Robert, vous êtes en retard ! » Une fois de plus. Une fois de trop. « Vous êtes licencié, mon vieux ! » Le 10 mai 1939, Robert Doisneau quitte l'île Seguin et la Régie. Avec sa prime de licenciement, il achète son premier Rolleiflex. Et commence à photographier les gens de la rue.

Charlots déménageurs

Quatre murs rien qu'à lui... Roman Wardas est un mécanicien avec des rêves de grandeur. Il veut un garage à son nom. Avec ses bagnoles, ses clients, ses réussites, ses soucis... devenir son propre patron.

Mais Wardas est fauché. Un jour lui vient une idée en lisant le canard. Un truand italien a déterré le corps d'un ennemi pour faire chanter ses proches. Un autre a volé les cendres de la Callas en plein Père-Lachaise. Les dingues. Alors, pourquoi ne pas faire de même ? La ruée vers l'or.

Il propose l'idée à son poteau Gantcho et trouve sa cible. Les funérailles de Chaplin ont eu lieu il y a deux mois, non loin de chez eux. Riche et mondialement célèbre, il est une proie idéale. Dans la nuit du 1er au 2 mars 1978, au volant d'un break, les compères débarquent au cimetière et passent deux heures à déterrer le cercueil, qu'ils planquent dare-dare dans un champ de maïs, à deux pas du lac Léman. Ne leur reste plus qu'à gober les mouches quelques jours, histoire que l'affaire prenne de l'ampleur.

Depuis une cabine téléphonique, les complices réclament 600 000 francs suisses pour rendre le corps. Mais la veuve les envoie balader : « Mon mari est au paradis et dans mon cœur. »

Comme deux ronds de flan, Wardas et Gantcho deviennent vite fous de rage et menacent de mort toute la petite famille, pour bien leur montrer de quel bois ils se chauffent. Rien à faire. Les semaines passent et les profanateurs de sépulture doivent conclure avant de se faire pincer.

Désormais, les négociations se font avec la fille Chaplin et la rançon ne s'élève plus qu'à 150 000 francs. Les deux parties tombent enfin d'accord et, le 16 mai au matin, Wardas donne les détails de l'échange. Mais les flics ont surveillé toutes les cabines de la région et l'arrêtent net. Sans scrupule, Wardas balance son complice.

Reste à retrouver Chaplin. Les deux zigotos ne se souviennent plus de l'endroit exact de leur cache et la nuit tombée complique l'affaire. Après plusieurs heures, les détecteurs de métaux font le boulot. Chaplin rejoint enfin son trou et Wardas y finit. Quatre murs rien qu'à lui…

Les illuminés

1925. Fernand Jacopozzi fait les cent pas devant le bureau d'André Citroën, qui s'obstine à ne pas recevoir cet étrange zigoto venu vendre son projet. Les Magasins du Louvre et Renault ont refusé. Zut ! Mais l'ingénieur ne s'avoue pas vaincu et reste zen.

La tour Eiffel doit être à l'honneur, début juillet, lors de l'Exposition internationale des Arts décoratifs. Gabriel Thomas, le président du conseil d'administration de la Société d'exploitation de la tour Eiffel, a tout naturellement sollicité Jacopozzi, qui s'est déjà fait une petite réputation grâce à ses illuminations du Bazar de l'Hôtel de Ville. On veut du spectacle, du nouveau, du majestueux. Du buzz avant l'heure. Illuminer de milliers d'ampoules la Dame de fer.

Un plan fou et un budget exorbitant que l'on ne peut financer que par la publicité. Les murs de Paris en sont déjà couverts, pourquoi pas la tour Eiffel ? Louis Renault ne voit pas l'intérêt d'une machinerie si ruineuse. André Citroën, lui, se laisse séduire en zieutant la maquette de

Jacopozzi et son gigantesque mur publicitaire. Seul le coût le fait encore hésiter, la partie n'est pas gagnée.

La venue de Samuel Brooklin bouscule alors la donne. Le zozo se propose d'acheter le monument pour le compte de son patron, Henry Ford. Informé des démarches de Jacopozzi par un espion employé de Citroën, le magnat américain est persuadé que la tour Eiffel est à vendre, loin de la « simple » illumination prévue. Explications et refus polis. Et puis, hors de question qu'une marque étrangère brille sur ce joyau national ! Jacopozzi profite alors de cette proposition pour presser le constructeur automobile qui, impressionné par l'offre et l'audace de son concurrent américain, ne peut imaginer l'affaire lui passer sous le nez. Vendu !

Il ne reste plus qu'un mois à Fernand Jacopozzi pour accomplir sa mission. Zou ! Une station électrique, une charpente en bois, 25 tonnes de câbles, 250 000 ampoules posées à la main, un zeste d'espoir… Le soir du 4 juillet 1925, pleins gaz ! La tour brille de mille feux. Étoiles, comètes, chevrons et les sept lettres Citroën face au sombre azur pour une réclame sans égale.

Fernand Jacopozzi est dans la lumière. Et bientôt, grâce à ses tableaux grandeur nature sur les façades des grands magasins, tout Paris sortira de l'ombre.

Cabane à bécanes

Janet apporte sa petite touche à l'œuvre du paternel. De belles lettres noires peintes à la main ornent la porte d'entrée de l'abri construit par le papa charpentier. Une cabane de 18 mètres carrés pour que son fils Arthur et son meilleur ami William puissent bricoler à leur aise leur motocyclette. Margaret, son épouse, en a assez que les vapeurs d'essence se mêlent aux fumets des fourneaux et souillent sa cuisine.

Cela fait quelque temps déjà que les deux adolescents ont quitté l'école. En apprentissage, William fait ses classes chez un fabricant de cycles où il découvre la mécanique et les phases de fabrication et d'assemblage d'un vélo. Arthur, lui, apprend à concevoir des modèles de pièces métalliques. Pendant leurs loisirs, tous deux s'adonnent à la pêche. Et, à chaque excursion, ils peinent à rejoindre leur lac favori, tant les pentes sont raides à bicyclette.

Un jour de 1901, ils croisent sur leur chemin une moto, qui les fait rêver. Ces deux-roues à moteur pullulent désormais sur les routes du Wisconsin. William propose alors à Arthur d'ajouter un petit moteur à leurs biclous et, pourquoi pas, de se lancer dans la fabrication de motocyclettes. « Aller plus vite et plus loin, plus confortablement », résume-t-il.

Reste un détail. Leur totale ignorance dans les moteurs. Arthur persuade son frère aîné Walter, machiniste, de quitter le Kansas pour venir essayer leur prototype... qui n'existe pas encore. Bluff total. Passé la tromperie et la déception, Walter accepte de les aider à concevoir un tel engin. Quant à William A., le frère cadet d'Arthur, il quitte son usine de machines industrielles. Le quatuor produit alors rapidement la Silent Grey, une bécane encore peu performante, monocylindre sans boîte de vitesses.

Le 28 août 1903, la société naît officiellement dans cet abri bientôt trop petit, au fond du jardin : Walter devient le président, William l'ingénieur en chef, Arthur est chargé de la partie commerciale et William A. dirige l'atelier. Trois véhicules sont conçus la première année. En 1906, l'équipe s'installe dans une usine et produit une cinquantaine de motocyclettes vendues 200 dollars chacune. En 1920, 27 000 machines de la marque pétaradent dans tout le pays, portant fièrement les noms de William Harley et Arthur Davidson.

Traînée de poudre

Joseph a terminé d'installer tout son barda. De la fenêtre du cabinet de travail, au premier étage de sa Maison du Gras, il oriente la boîte vers une partie du toit de la grange, la volière, le four et, au fond du jardin, le poirier. Le temps est idéal, en ces beaux jours de 1827, pour enfin tester sa nouvelle invention.

Depuis longtemps, son frère Claude et lui innovent à tout va. Un projet de pompe hydraulique destinée à remplacer la machine de Marly qui alimente le parc de Versailles en eau, un substitut du coton, une draisienne à siège réglable...

Mais ce qui les accapare et leur tient le plus à cœur reste le pyréolophore. Le feu et le vent portés. Trois mots assemblés pour désigner un moteur, le premier à combustion interne. Au sein d'un grand récipient en cuivre, les frères utilisent comme explosif une poudre issue des spores du lycopode. S'il ne suffit que de quelques grains pour un résultat probant, la plante reste onéreuse. Ils la remplacent alors par de la houille broyée et mêlée à des fragments de résine. Et testent leur trouvaille sur un petit bateau. Placé dans la cale, l'engin consomme cent vingt-cinq grains par minute pour mouvoir le rafiot sur la Saône.

L'expérience est un succès. « La force mouvante est un produit instantané. […] La machine est ingénieuse, peut devenir très intéressante par ses résultats physiques et économiques », avait conclu l'Académie des sciences en décembre 1806. Les frères précurseurs sont promis à un bel avenir. Napoléon lui-même leur décerne un brevet de dix ans.

Reste à améliorer le principe. Avec l'huile de pétrole blanche, les résultats sont phénoménaux. Une explosion puissante, un rendement inégalé et un coût dérisoire. Hélas, ils ne parviennent pas à monétiser leur invention.

Cela fait bientôt huit heures que Joseph teste son invention, que la chambre noire capture le jardin. Joseph Niépce – qui, depuis la Révolution française, se fait appeler Nicéphore car cela signifie « porteur de victoire » en grec – est en train de réaliser la première photographie au monde. Fixée pour toujours, l'image de son jardin et de ses dépendances, qui ne noircit pas à la lumière grâce au bitume de Judée. Une poudre à l'origine commandée comme carburant pour son moteur à combustion. Une invention peut en cacher une autre.

Le diable est dans les détails

La déclaration est fracassante. Le 1er mars 1994, le président de Procter & Gamble fait le malin à la télévision, sur le plateau du « Phil Donahue Show », évoquant son alliance avec l'Église de Satan à laquelle la compagnie reverserait une part de ses bénéfices. Quand l'animateur lui demande si une telle déclaration ne va pas nuire à son entreprise, l'homme d'affaires rétorque simplement qu'il n'y a « pas suffisamment de chrétiens aux États-Unis pour faire la différence ».

Douze ans plus tôt, les premières rumeurs naissent dans la région de New York. La compagnie Procter & Gamble, qui commercialise les produits Gillette, Braun, Pampers, Duracell… serait tout simplement l'affaire du diable. Il suffit d'observer son logo. Un cercle représentant la lune personnifiée en un homme barbu orné de deux cornes et de boucles en forme de 666 inversé. Il est cerné de treize étoiles rangées pour former trois six. Le chiffre du démon.

Au début des années 1980, les premières réclamations arrivent au siège de l'entreprise, à Cincinnati, car les Américains sont inquiets et en colère. La confiance est rompue avec cette firme dont ils utilisent les produits au quotidien. Un numéro de téléphone spécial est mis en place pour recueillir les 15 000 doléances mensuelles et plus de 4 % des Américains boycottent les produits du groupe. Il faut arrêter l'hémorragie. Et démentir. Car rien de tout cela n'est vrai.

Pour éviter que la rumeur ne devienne incontrôlable, Procter fait œuvre de pédagogie. L'entreprise adresse un dossier explicatif aux 48 000 organisations religieuses fondamentalistes : le logo date de 1851 et les étoiles sont une référence aux treize colonies britanniques dont la réunion a fondé les États-Unis. Sans succès. Une large campagne de presse et des poursuites judiciaires contre ceux qui propagent ces fausses informations sont alors lancées. Mais hors de question de changer le logo, plus que centenaire.

En 1994, la rumeur reprend. Pourtant, l'interview télévisée du patron par Phil Donahue n'a jamais eu lieu. C'est une pure invention. Procter attaque la société de vente directe Amway, à l'origine de la diffamation. Mais Procter perd son procès et n'obtiendra justice qu'en 2007.

Entre-temps, le groupe a totalement revu son logo. Seules les lettres P & G y figurent désormais. En bleu, la couleur de la puissance. Et surtout de la confiance.

Prêtes à en découdre

Les demoiselles de la maison Jenny manifestent dans la joie et la bonne humeur. Chapeaux noirs et corsages fleuris dansent, sautent, rient. Sans pour autant négliger les événements et les revendications. Les deux cent cinquante couturières ont appris que leur samedi après-midi sera désormais chômé et, qui plus est, non payé. Il faut dire que la Grande Guerre dure et ralentit l'activité. Mais les midinettes, qui tirent leur nom du maigre déjeuner qu'elles prennent sur le pouce, ne l'acceptent pas. Elles qui alignent journées de dix heures et piètres salaires. Alors, ce 11 mai 1917, le défilé commence.

Les Parisiennes réclament le paiement intégral du samedi et une indemnité de vie chère de 1 franc quotidien. Elles sont rejointes par les trottins de la maison Chéruit, place Vendôme. Petites mains, giletières, blousières, passementières… toutes veulent en découdre. « On s'en fout, on aura la semaine anglaise ! On s'en fout, on aura les 20 sous ! »

Elles sont si « charmantes » aux yeux de l'opinion et de certains patrons ; un combat « juste et sympathique » pour la presse. Les hommes, eux, sont rares dans les défilés, trop inquiets de se voir signifier leur renvoi et le départ pour le front.

Le 19 mai, le président de la chambre syndicale de la couture accorde enfin à ces dames une augmentation de 75 centimes et la fameuse semaine anglaise : samedi matin travaillé, après-midi chômé et rémunéré.

Mais les industriels de la filière le désavouent et refusent tout compromis. Alors la grève s'étend. De fil en aiguille, lingères, ouvrières du caoutchouc et de Citroën, vendeuses de Félix Potin, puis employées de banque et ouvrières des usines d'armement, débraient. Les patrons ne sourient plus, les pouvoirs publics non plus. Le mouvement se propage dans le pays, elles sont maintenant 10 000 à débrayer. « Plus d'obus… nos poilus ! » Le mouvement s'oppose à la guerre et la situation pourrait déraper.

Le ministre de l'Intérieur réunit dans son bureau grévistes et entrepreneurs. Il fait pression sur ces derniers, menace les récalcitrants de réquisitionner leur entreprise et obtient enfin l'augmentation des salaires et le samedi après-midi sans travail mais dédommagé. Et ce qui ressemble désormais aux prémices du week-end. Les midinettes ont gagné. À plate couture.

Abracadabra

Le colonel Ohmer prend plaisir à accomplir sa nouvelle mission. L'attaque de Pearl Harbor en décembre 1941 a été un choc pour les autorités américaines. La présence de sous-marins japonais au large de San Francisco en février 1942 témoigne que la menace est devenue permanente. La décision est donc prise en haut lieu : les sites industriels doivent être sécurisés.

Passionné de magie, le colonel Ohmer est chargé de faire disparaître les usines les plus stratégiques de la côte Ouest. Rendre invisibles ces cibles faciles pour les bombardiers ennemis, capables de frapper à tout moment.

Plusieurs bases militaires californiennes disparaissent ainsi comme par enchantement. Expert en camouflage, Ohmer, qui s'est fait la main durant la bataille d'Angleterre, redessine le paysage.

Pour les usines Lockheed et Douglas, il s'adjoint ainsi les compétences des studios voisins. La MGM, la Fox, Disney, Columbia et Paramount prêtent leurs meilleurs charpentiers, paysagistes, décorateurs, peintres… Tous sont des spécialistes du simulacre. Les toits des deux sites sont recouverts d'un décor champêtre et des filets de fausse verdure dissimulent les parkings du personnel.

Mais le plus grand défi reste l'usine Boeing de Seattle et ses 100 000 mètres carrés de superficie. Pour cette mission, il fait appel à John S. Detlie, l'époux de la comédienne Veronica Lake, directeur artistique reconnu à Hollywood. Ensemble, ils conçoivent un quartier résidentiel entier juché sur le toit des bâtiments de l'avionneur. Un quartier résidentiel plus vrai que nature, qui prolonge naturellement les rues environnantes. Du moins, vu du ciel.

En y regardant de plus près, l'ensemble est grossier. Les arbres sont faits de planches, de câbles et de plumes de volailles. Les habitations ne sont pas plus hautes que ses supposés résidents et les clôtures blanches leur arrivent aux mollets. Pour faire vivre cette jolie banlieue, des acteurs y pendent du linge, déplacent régulièrement les voitures en caoutchouc aux formes très sommaires et déambulent l'air de rien sur Synthetic Boulevard.

Afin de donner du relief à l'ensemble et d'offrir une certaine perspective achevant la tromperie, de douces collines sont édifiées. L'usine n'existe plus, confondue avec la nature environnante. D'avion, l'illusion est parfaite.

Sous ce paradis typiquement américain, 30 000 ouvriers assemblent près de 300 bombardiers B17 par mois. En toute quiétude. Aucune attaque ne sera perpétrée sur ces sites invisibles. Ni sur le reste du territoire, d'ailleurs.

Une histoire de fou

Les habitués du bistrot du quai d'Orléans s'agitent ce 9 septembre 1910. Louis Dongé reproche à trois charbonniers de faire grève alors que lui continue à bosser sur le port. Les insultes avinées fusent. Quand Dongé dégaine son calibre, le trio le désarme et le roue de coups. De ses blessures, il meurt le lendemain. Le 11 septembre, le syndicaliste Jules Durand est arrêté à son domicile. Il reste serein, il est innocent.

L'installation du Tancarville, un nouvel appareil électrique de levage pour améliorer la productivité, menace plus de cent quarante emplois. C'est le point de départ de la grève des charbonniers du port du Havre un mois plus tôt. Jules Durand est à la manœuvre. Réputé pour être un homme calme et mesuré, le secrétaire du syndicat des charbonniers lutte contre « l'extension du machinisme et la vie chère ».

Des tensions se font jour entre les grévistes et les ouvriers indemnisés par la Compagnie générale de la Transatlantique pour rentrer dans le rang. Absent lors du passage à tabac, c'est pourtant Durand qui se voit accusé de la mort de son collègue Dongé. Non pour meurtre, mais pour assassinat, car il aurait fait voter sa mort lors d'une réunion publique. Des ouvriers achetés témoignent contre lui. L'affaire prend une tournure inattendue.

Au tribunal de grande instance du Havre, le procès s'ouvre et maître Coty, 28 ans, assure la défense. Confrontations avec les grévistes, rapport de police qui innocente le prévenu, Durand est néanmoins inculpé de complicité d'assassinat. Aux assises, le 25 novembre, il est condamné à la peine capitale sur la place publique à Rouen. Sidéré, il est pris de convulsions et fait une syncope.

Un mois plus tard, son pourvoi en cassation est rejeté. Dans sa camisole, il se met à hurler. Promis à la guillotine, il tient désormais des propos incohérents. L'avocat Coty médiatise l'affaire, syndicat et personnalités se mobilisent, « l'affaire Dreyfus du pauvre » passionne. « Nous voulons la révision ! » « Une honte ! » Des comités de soutien se montent dans les ports de France, d'Europe et des États-Unis. Le président Armand Fallières commue sa condamnation en une peine de sept ans de prison.

Lorsqu'il est finalement libéré en février 1911, son retour au Havre est fêté comme il se doit par toute la ville : un triomphe. Mais il est déjà trop tard. Méconnaissable, amaigri, le crâne tondu, les yeux perdus, il se noie dans la folie profonde. Ses délires redoublent. Il craint que ses anciens gardiens de prison ne viennent lui trouer la langue pour l'empêcher de jaboter, il met le feu à l'appartement de ses parents, étrangle les pigeons voyageurs qu'il élève...

En juin 1918, le pauvre fou est finalement innocenté, car condamné sur la base de faux témoignages. Libre mais prisonnier de sa folie, il navigue d'asile en asile. À 46 ans, il meurt, seul. Son dossier judiciaire disparaît, comme son dossier médical. Maître René Coty, lui, se hisse jusqu'au sommet de l'État et devient président de la République.

Mise en bière

Lundi 17 octobre 1814, fin d'après-midi. Eleanor lave un peu de vaisselle dans la cour du Tavistock Arms Pub. Hannah et sa mère prennent le thé au premier étage d'une maison voisine. Dans le sous-sol d'une autre, Ann se recueille sur le corps de son petit garçon âgé de 2 ans, mort deux jours plus tôt. Tout à coup, une première explosion déchire ces instants anodins, presque tranquilles.

Juste avant l'explosion, à deux pas de là, George Crick inspecte les grandes cuves en bois de la brasserie Horse Shoe Brewery of Saint Giles. La compagnie Henry Meux y produit plus de 100 000 barils de *porter* par an. Cette bière brune fermente durant de nombreux mois pour parvenir à ce goût si prononcé et à cette couleur sombre. Du haut de son perchoir, Crick s'aperçoit que l'un des cerceaux de fer entourant une cuve a glissé. Celle dont le bois a pourri depuis trop longtemps. Son patron lui explique que ce n'est pas urgent, qu'un apprenti se chargera de le réparer.

Quelques minutes plus tard, la cuve éclate et entraîne avec elle les autres cuves. Une réaction en chaîne qui délivre en quelques secondes plusieurs centaines de milliers de litres de bière. Une immense vague se forme et emporte avec elle une partie du toit et de l'enceinte.

Le monstre charrie ses débris et vient écraser un mur de brique sur la pauvre Eleanor qui terminait sa vaisselle. Deux maisons sont détruites, dont celle de Hannah et sa mère, broyées, réduites en morceaux. L'inconsolable Ann et les membres de sa famille qui pleurent l'enfant mort sont tués sur le coup, noyés dans leur chagrin. Les habitants des rues avoisinantes se réfugient sur les meubles les plus hauts pour échapper au torrent. Au total, huit morts dans un champ de ruines trempé et visqueux.

Après les secours, les badauds affluent et l'on fait payer 1 penny pour s'approcher au plus près du malheur. On se cotise aussi pour les funérailles. Lors du procès, le jury conclut à un accident bien malheureux. Au nom de sa survie financière, la compagnie obtient la garantie de ne payer aucun dédommagement aux victimes. Et la taxe déjà payée sur les tonneaux perdus lui est même remboursée. La compagnie est à flot. L'activité peut reprendre. La vie du quartier londonien aussi.

Poussière d'étoiles

Au XIIIe siècle, le désert de Gobi est en proie aux troubles. Mongols, Tartares et autres peuplades luttent sur cette terre aride aux plaines infinies. Temujin, le chef des Mongols, surgit sur son cheval, tel un cow-boy. Il a les traits de John Wayne.

L'équipe s'affaire pour tourner le premier plan de la journée. Grimé et costumé, le Duke attaque son deuxième paquet de Camel. Son fils Michael est venu lui rendre visite, tout comme celui de l'actrice principale, Susan Hayward. Le tournage doit durer quatre mois. Si le paysage rappelle le décor de westerns fameux, c'est que *Le Conquérant* se tourne à la frontière du Nevada et de l'Utah. À 200 kilomètres de Las Vegas et à 200 autres de Yucca Flat, l'un des quatre points du Site d'essais nucléaires du Nevada.

Au milieu de rien, les États-Unis font pousser les champignons atomiques. Au sol, une multitude de cratères lunaires témoignent des tests déjà réalisés. En 1953, ce ne sont pas moins de onze essais atmosphériques qui ont lieu. Deux d'entre eux font long feu et répandent des poussières radioactives dans toute la région. Le gouvernement fédéral rassure la production. Il n'y a aucun danger, les essais sont contrôlés et la distance entre le plateau de tournage et le site est suffisamment importante.

C'est sans compter les vents du désert et le souci de perfection du réalisateur Dick Powell et du producteur Howard Hughes. Tous deux ont souhaité retourner quelques scènes et ont fait venir 60 tonnes de terre dans les studios de Hollywood.

Ce n'est que bien des années plus tard que la controverse naît. Quand *People Magazine* révèle que 91 des 220 membres du film ont développé un cancer et que 46 en sont morts. Si les chiffres sont hors norme, rien n'est prouvé, ni prouvable.

En 1963, Dick Powell se découvre des grosseurs au cou et à la poitrine, Susan Hayward contracte un cancer au cerveau, le comédien Pedro Armendariz à la hanche – il choisit de se suicider. Certaines familles envisagent de poursuivre le gouvernement pour négligence.

John Wayne n'accusera jamais les autorités, malgré ses cancers du poumon et de l'estomac. Trop patriote. Sa veuve mettra cela sur le compte de ses quatre paquets de cigarettes quotidiens.

Canal historique

Le 1er juillet 1832 – près d'un siècle avant que Georges Simenon ne crée son personnage –, le commissaire Maigret, chef de la police de Belleville, et sa troupe du premier régiment de ligne arrêtent les occupants d'une vaste demeure de Ménilmontant et son propriétaire, Prosper Enfantin. Ces adeptes du saint-simonisme se réunissent pour prôner une société tournée vers l'industrialisation, la fraternité et... l'amour libre. Enfantin entend d'ailleurs former des couples-prêtres pour exercer sa doctrine. Les rumeurs vont bon train et inquiètent les autorités. Alors, au cachot !

Gracié par Louis-Philippe Ier, Enfantin embarque pour l'Égypte avec quelques disciples et compte y trouver celle qui formera avec lui ce binôme religieux. Comme il a vent de l'intérêt que porte le pouvoir local à ses thèses sur une nouvelle société industrielle, il demande une audience au vice-roi Méhémet Ali et lui expose un projet déjà ancien chez les saint-simoniens : relier la Méditerranée à la mer Rouge, en perçant l'isthme de Suez. Mais le souverain tient avant tout à voir naître un barrage sur le Nil. Prosper Enfantin accepte la mission.

Rejoint par des polytechniciens, sa renommée grandit, mais suscite la défiance du vice-roi. L'épidémie de peste qui sévit sur une partie du pays offre une belle occasion à Méhémet Ali pour interrompre le chantier qu'il ne maîtrise pas et faire déguerpir ces Français trop entreprenants.

Enfantin rentre en France et se consacre à un tout nouveau projet : la construction d'une ligne de chemin de fer entre Paris et Lyon, qui se poursuivra jusqu'à la Méditerranée. Sans délaisser son idée première qu'est le rapprochement de la Méditerranée et de la mer Rouge.

En septembre 1847, il fonde la Société d'études du canal de Suez. La faisabilité de l'ouvrage est étudiée par un relevé topographique très précis et le projet avance enfin. Enfantin travaille en toute confiance avec ses équipes. Trop, peut-être. L'un de ses collaborateurs se trouve être le fils du consul français en Égypte, tous deux proches du pacha Mohamed Saïd.

Le 30 novembre 1854, ledit collaborateur, Ferdinand de Lesseps, obtient la concession du terrain. Prosper Enfantin s'est fait doubler, son nom va tomber dans l'oubli et celui de Lesseps entrer dans l'histoire.

Le canal de Suez est officiellement inauguré en février 1869, en présence de l'impératrice Eugénie, tandis que se joue *Aïda*, opéra commandé à Giuseppe Verdi pour l'occasion. Tout est grandiose.

Prosper Enfantin n'en saura rien, il est mort d'une congestion cérébrale à Paris cinq ans plus tôt.

Le charme discret de la bourgeoisie

Le bouclage bat son plein à *Jours de France*, propriété de Marcel Dassault. On attend une dernière nouvelle, un urgent, peut-être, qui sait. Comme à son habitude, Jean-Jacques Casanova, le garçon de bureau, rend service et revient avec des sandwichs pour les journalistes. Il organise parfois des parties de poker ou de baccara dans la rédaction et charme ainsi son monde.

De retour d'un dîner chez le directeur des Galeries Lafayette, la Cadillac de Marcel et Madeleine Dassault se gare avenue du Maréchal-Maunoury, dans le 16e arrondissement. Il est minuit, un peu avant, un peu après, autour de l'heure du crime. Louis ouvre la portière à Madame et à Monsieur, quand des hommes cagoulés surgissent et frappent Marcel Dassault à la tête. Madeleine s'effondre sous le chloroforme et disparaît à l'intérieur d'une DS dans cette nuit du 22 mai 1964.

On craint une action de l'OAS. L'industriel, qui est aussi député de la première circonscription de l'Oise, est un personnage important de la République. Le ministre de l'Intérieur est aussitôt prévenu. Maurice Papon, le préfet de police de Paris, arrive sur les lieux et met les forces de l'ordre en alerte. Un pneumatique exige 4 millions de francs de rançon en petites coupures. L'affaire devient nationale quand, le lendemain, la presse la dévoile.

Madeleine, elle, attend dans la pénombre, libre de ses mouvements, mais enfermée dans une chambre. Quelque part. Elle réclame un bifteck et des macaroni, qu'elle obtient. Qualité médiocre. Elle n'est pas maltraitée et discute longuement avec l'un de ses ravisseurs, le boss, Dominique, qui explique l'avoir suivie pendant trois mois et décrit ses moindres faits et gestes. Les ravisseurs ont besoin d'argent. Les allées et venues dans la bâtisse abandonnée, près de Senlis, intriguent les voisins qui alertent les gendarmes.

Après trente-cinq heures, Madeleine est libérée. Trois des ravisseurs sont arrêtés, le cerveau de l'affaire s'est évaporé dans la campagne picarde. Le couple arrive avenue du Maréchal-Maunoury en grande pompe, dans la Cadillac et sous les flashes. Tout heureux, Marcel Dassault cabotine devant les micros. Dans certaines rédactions, pourtant, on doute. Le vieux briscard n'aurait-il pas tout organisé pour se faire un peu de publicité ?

Fin octobre, Dominique est à son tour arrêté. Malgré ses cheveux teints en roux, on le reconnaît… C'est Jean-Jacques Casanova, le garçon de bureau, le petit séducteur de *Jours de France*. Vingt ans de réclusion, il en fera moitié moins. Quand il sort du trou, à 61 ans, il perd la vie au fond d'un autre, un ancien égout où il comptait se soulager. La conscience, sûrement.

Les poches pleines

« Le premier bien que je possédai fut une manière d'atelier, où des bouts de ferraille me servaient d'outils. Le moindre débris de machine était pour moi un trésor. » L'autobiographie *My Life and Work* sort en 1922 aux États-Unis. Une nouvelle bible, celle d'un bricoleur ingénieux qui a révolutionné la production automobile et bâti les fondements de l'*american way of life*. Henry Ford.

Il y raconte sa jeunesse, son sens des affaires, sa vision de l'organisation et de la production. Dans une époque où, selon lui, « l'industrie automobile ne reposait pas sur une base d'honnêteté. On ne fabriquait pas un article avec la préoccupation de l'utilité qu'il présentait [...] mais seulement avec celle du bénéfice qu'on pouvait en tirer ». Les voitures naissantes sont un produit haut de gamme, réservé à une clientèle aisée. Lui prend le contre-pied de ses concurrents et produit la Ford T en masse. Voiture robuste, fiable, peu onéreuse, accessible à l'Américain moyen. Plus qu'un succès, une institution, une image de l'Amérique.

Le point de départ, c'est cette enfance passée à bricoler du soir au matin. Dans les premières pages de ses Mémoires, Ford explique que ses poches d'enfant étaient toujours pleines de ferraille et de montres à réparer, et se vante de ses prouesses de petit horloger. Dans de nombreux entretiens, il rappelle sans cesse les tocantes des voisins empruntées en catimini et réparées la nuit dans son atelier, où il passait le plus clair de son temps. Autocélébration d'un petit génie de la mécanique, jamais mieux servi que par lui-même.

Surtout lorsque, devenue adulte, sa sœur Margaret répète à l'envi qu'elle n'a pas eu connaissance d'escapades nocturnes et surtout que Henry n'a jamais possédé d'atelier étant enfant. Une affabulation totale. Du *storytelling* avant l'heure, une imagination fertile pour forger la légende.

Dans *Voyage au bout de la nuit*, Céline raconte la visite médicale d'embauche dans une usine Ford : « Vous n'êtes pas venu ici pour penser, mais pour faire les gestes qu'on vous commandera d'exécuter. Nous n'avons pas besoin d'imaginatifs. [...] C'est de chimpanzés dont nous avons besoin. » Chez Ford, l'imagination a ses limites.

Action et vérité

« Désirer la vérité, c'est désirer un contact direct avec la réalité. » C'est ce que souhaite éprouver Simone Weil quand, en juin 1934, elle rédige une demande de congé de l'Éducation nationale. Une expérience. Ou plutôt une « incarnation totale » de la condition ouvrière. À compter du 4 décembre de cette même année, l'agrégée de philosophie travaille comme découpeuse rue Lecourbe, à Paris, pour Alsthom.

Ce sont quarante-huit heures hebdomadaires durant lesquelles Simone Weil perce, presse, tourne, frappe... Dans son *Journal d'usine*, elle croque certaines pièces et détaille son quotidien. « 1 h de perçage avec Catsous, 1 h de presse avec Jacquot, 2/4 d'heure... » Elle tourne une manivelle pour monter des cartons avec Dubois, puis travaille sur la machine à boutons. Elle en fait 1 160 dans la journée, ne gagnant que 0,56 centime par pièce au lieu du 0,72 prévu.

Au fond, « l'atelier est joyeux, les chefs n'y vont jamais, atmosphère libre et fraternelle », car on ne se parle pas sur les machines. Les secondes sont précieuses et économisées.

« Il faut être plus consciencieux quand on a sa vie à gagner », lui martèle une ouvrière.

Rapidement, le mal de crâne s'invite. Ses yeux sont douloureux. Elle éprouve le « vertige de la vitesse », la crainte de ne pas frapper assez fort sur le balancier, celle de rater aussi. Puis viennent les « bouts de doigt sanglants », les courbatures, l'écœurement, « les maux de tête violents, le travail accompli en pleurant presque sans arrêt ». « Ne plus penser, seul et unique moyen de ne pas en souffrir. » Le seul sentiment d'avoir été libre vingt-quatre heures durant est dû au dimanche, avant de devoir se « réadapter à une condition servile ». Quand une ouvrière se fait engueuler, « elle ne réplique rien, se mord les lèvres, dévore son humiliation ». Les bruits de l'usine lui causent une profonde joie morale autant qu'une douleur physique et elle s'interroge sur cette « impression fort curieuse ».

Vient le départ pour les ateliers Renault. Fraiseur, elle note le nombre de pièces réalisées chaque jour : 1 350, 2 000, 2 450… Le « petit salaud de régleur » lui dit qu'il en faut plus de 3 000. Elle évoque ce qu'elle nomme les « transactions bureaucratiques » où, pour dénicher des rondelles, on va voir un chef qui en appelle un autre qui en appelle un autre… ça dure et « cela représente pour moi autant de temps non payé ». Tout est compté. Les pas vers l'usine lui coûtent moralement. Les pas vers chez elle lui coûtent physiquement.

Pour conclure son journal, Simone Weil établit une série de remarques et pose notamment cette question : « Les outils sont des transformations de mouvements. Inutiles donc que le mouvement […] soit imprimé par la main. Peut-on créer des machines automatiques souples ? » Et pourquoi pas…

Le petit baigneur

L'été a pris ses quartiers. Le *Novecento* mouille au large de Saint-Jean-Cap-Ferrat, yacht de bois et de luxe sur lequel Giovanni Agnelli jouit de quelques jours de vacances. Depuis plusieurs heures, Daniel Angeli planque sur son rafiot, près de la côte, son objectif directement braqué sur le bateau du patron de Fiat.

Depuis plusieurs années, l'Avvocato abandonne femme et enfants pour s'offrir quelques jours de répit quand la France fête sa révolution. Au programme : farniente, amis et jolies filles.

Repos fripon et, considère-t-il, mérité. L'année a été bonne, le capitaine d'industrie règne en maître sur l'Italie. La Ritmo se vend comme des petits pains italiens et la conception du nouveau projet avance. La Panda sera la nouvelle auto populaire et increvable de la marque.

Il est bientôt 18 heures quand Agnelli sort de sa cabine, s'approche du bord et saute à l'eau, nu comme un ver. Le paparazzi mitraille. Ses photos lui apporteront renommée et petite fortune. Pourtant, comme les dizaines de clichés déjà pris auparavant, ceux-ci ne paraissent pas dans la presse. Car Agnelli possède la plupart des magazines de la presse italienne et rachète les tirages incriminants, mis à l'abri dans un coffre.

Chaque été, la manigance reprend au rythme du ressac : nudité sous l'estomac, clic-clac, l'affaire est dans le sac, clichés dans les rédacs, le patron pousse au micmac et à temps stoppe l'annuel fric-frac.

Jusqu'à un autre soleil de juillet. Après une nouvelle séance photo, le magnat, hâbleur, débarque à l'improviste sur la barque d'Angeli pour tailler une bavette. Surprise appréciée par le photographe. Le lendemain, gênée, l'agence photo prévient Angeli : lors du développement sont découverts quelques gestes compromettants dans un trio composé d'Agnelli, de son propre secrétaire et d'une invitée… Malgré tout, les tirages partent pour l'Italie.

Deux jours plus tard, le magnat demande à voir le photographe, chez lui, dans la propriété familiale de Villar Perosa, près de Turin. Quand Daniel Angeli arrive, les clichés embarrassants s'étalent sur le bureau de l'industriel. À ses côtés, son secrétaire si particulier. Cette fois-ci, Agnelli refuse tout rachat des photographies et exige les négatifs. En échange, il propose une exclusivité alléchante : un reportage sur la famille Agnelli dans cette villa qu'il n'a jamais ouverte aux photographes.

Daniel Angeli accepte. Et découvre alors dans un cadre, trônant comme un trophée, sa propre photo du patron de Fiat sautant à l'eau, nu comme un ver. Sans rancune.

Marchand de couleurs

Deux sœurs jumelles, toutes deux élevées par maman qui, pour elles, se priva, travailla vaillamment ; voulant faire d'elles des érudites, pour cela vendit toute sa vie des frites. Dans son café, Yvonne accueille marins et forains qui voyagent de ville en ville. Un lieu de rencontres ouvert sur la place.

L'arsenal de Rochefort a fermé il y a quarante ans, en 1926. Si les entreprises Zodiac et Bois Déroulés font travailler les hommes, la ville de garnison est grise d'ennui, plongée dans un sommeil doucereux. *Les Demoiselles de Rochefort* vont réveiller la belle au port dormant.

Jacques Demy pose son barda en mai 1967. Le réalisateur est séduit par la place Colbert, « rigoureuse et belle », fraîchement refaite. Des bâtiments tirés au cordeau entourant une grande dalle carrée. Une immense scène, une piste pour entrechats colorés. Bernard Evein, le décorateur, fait repeindre les 40 000 mètres carrés de façades. Immeubles, mairie, caserne, tout y passe. Seuls deux proprios maussades conservent le terne pour habit de leurs biens. Un millier de volets se parent de jaune, de rose et autres teintes fringantes, l'eau du bassin est colorée en bleu, le macadam est lissé pour faciliter les pas glissés.

Le décor est une palette, un personnage. Rochefort est un gigantesque studio à ciel ouvert pour concrétiser l'envie du cinéaste de « capter le bonheur ». Les enfants se pressent pour imprimer la pellicule en short gris clair et gilet orange, les figurants portent pompons rouges sur marinière, les employés de Sud Aviation sont libérés un mois pour jouer aux motards de cinéma.

Toute l'agitation tourne autour du café d'Yvonne. Dans l'esprit de Demy, il n'est que transparence et laisse à voir les couleurs de la place. Un écrin de verre fragile qui doit supporter les allées et venues du personnel et du matériel. Sans un coup, sans une rayure. Pour cela, la production fait appel à Saint-Gobain, qui fournit de grandes pièces de verre Securit et des portes Clarit. La clarté est entière. Surtout, en cas d'accident, ce verre trempé se casserait en une multitude de fragments inoffensifs. Aucun risque pour les actrices et les techniciens.

À la fin du film, les demoiselles aiment, restent ou quittent la place fétiche. À la fin de l'été, le cinéaste remballe son petit Hollywood en Demy-pointes et rentre à Paris. Rochefort reste pour la postérité.

Les feux de la rampe

17 mai 1943. Nuit claire sur l'Allemagne nazie. L'opération Chastise est lancée. Trois escadrilles volent vers leurs cibles. Celle du commandant Guy Gibson rejoint le lac de Möhne afin de détruire le barrage hydroélectrique. Le défi est de taille. Mais, cette fois, les Lancaster anglais embarquent avec eux une trouvaille.

Frapper les ressources de l'ennemi est devenu l'un des objectifs de la Royal Air Force. Un article publié par l'ingénieur britannique Barnes Wallis, dans lequel il avance l'idée d'une bombe rebondissante, séduit. Elle se substituerait aux habituels engins, incapables de détruire des édifices aussi imposants que des barrages, et éviterait les filets anti-torpilles mis en place par les Allemands.

Son idée est simple. La bombe doit rebondir sur la surface de l'eau pour passer les filets, avant de s'enfoncer et d'exploser une fois immergée. L'onde de choc conjuguée à la puissance de l'eau démolirait la structure. Après des tests avec un modèle sphérique, l'ingénieur britannique conçoit un tonneau rempli de 2 600 kilos d'explosifs.

Les essais sont nombreux pour parvenir aux ricochets. Les risques, plus encore. Notamment celui de voir la charge rebondir trop haut et toucher l'avion si les paramètres d'altitude et de vitesse ne sont pas respectés. Les Lancaster doivent donc voler à une vitesse comprise entre 386 et 402 kilomètres-heure et larguer la bombe à 18 mètres au-dessus de l'eau. Une précision difficile à obtenir en plein vol. Celui que l'on appelle désormais le briseur de barrages se creuse la tête.

L'un des ingénieurs de l'équipe de Wallis trouve une astuce lors d'une représentation théâtrale, au moment même où les faisceaux de deux projecteurs se rejoignent sur scène pour mettre en lumière un comédien. Utiliser des rayons lumineux pour guider le pilote, une idée simple et efficace. Installés de part et d'autre de l'avion, les deux phares sont inclinés à 40 et 30 degrés. Le pilote s'assure alors que les deux faisceaux se rencontrent à la surface du lac pour un largage parfait. Ni trop haut, ni trop bas.

L'escadrille du commandant Gibson approche du lac de Möhne, vise et largue sa bombe rebondissante qui cause une énorme trouée de 77 mètres sur 22 dans le barrage. Mission accomplie.

Mais l'immense vague provoquée par le choc a tout emporté aux alentours. On dénombre plus de 1 500 morts, dont 700 prisonniers français et ukrainiens et 500 femmes russes détenues dans un camp de travaux forcés. Sans compter les habitants du village voisin. Quant à l'armée allemande, elle ne mettra que cinq mois à remettre en service son installation. Au pas de charge.

Tête à claque

L'avion tremble de toute sa tôle. Marthe tire sur le manche pour redresser l'engin, elle sait que le terrain sur lequel son coucou va s'aplatir n'est pas la piste d'atterrissage prévue. Ce dimanche 31 août 1913, elle plonge dans un coma de trois semaines.

Les pas s'enfoncent sans un bruit dans l'épaisse moquette, les murs fleuris valsent avec les lourds rideaux pourpres. Le riche industriel passe en revue ces dames de lupanar et désigne sans fard la plus belle. En moins de temps qu'il n'en faut pour attraper la syphilis, Henri Richer tombe amoureux. La jeune gourgandine élue prend ses cliques et quitte le claque.

Elle mène désormais une vie de bourgeoise des beaux quartiers grâce à la fortune de son mari mandataire des Halles. Henri, passionné de sport mécanique, lui fait découvrir les joies des aérostats et autres avions. Cours de pilotage, zinc à saisir, plaisir à s'envoyer en l'air. En juin 1913, elle devient la sixième Française à obtenir son brevet. Après son crash, elle reprend du service sur un Caudron G.3, virevolte dans les meetings aériens et devient « l'Alouette ».

Mais voilà la Grande Guerre et Verdun emporte son Henri en mai 1916. Veuve après un an de mariage, Marthe Richer devient Richard et se perd dans les soirées mondaines. D'après les Mémoires romancés du chef du service du contre-espionnage, elle prétend être un agent de l'État. Sa nouvelle carrière s'achève quand sa mission est dévoilée. Elle se console dans les bras et la fortune du directeur financier de la fondation Rockefeller, l'Anglais Thomas Crompton, dont elle prend la nationalité. Il meurt deux ans plus tard.

Puis l'histoire se trouble. La double veuve joyeuse tente de retrouver sa nationalité française, s'invente une enfance dorée, obtient la Légion d'honneur grâce à son amant Édouard Herriot, ministre d'État. Elle fricote avec les collabos à Vichy jusqu'à la fin de 1942. Chassée, elle se façonne alors un destin de résistante.

Soi-disant héroïne de deux guerres, Marthe Richard est élue au conseil municipal du 4e arrondissement de Paris. L'ancienne prostituée se lance dans une bataille inattendue en défendant une mesure radicale : fermer les maisons closes de la capitale. Là précisément où son histoire a débuté. Adopté ! Une loi étend ensuite la fermeture à tout le pays et fait de Marthe « la veuve qui clôt » pour l'écrivain Antoine Blondin. Pourtant, elle n'était plus française. Et n'était donc pas éligible.

Sans issue

Stanley Forman a passé sa matinée sur les toits de Boston à photographier la ville. Des clichés artistiques, réfléchis, sous une lumière travaillée. Le temps est parfait en ce mois de juillet 1975. Mais, cet après-midi, l'ambiance devient fiévreuse.

Juché sur un camion, il capture le travail des pompiers dans l'arrière-cour d'un immeuble en feu. Et cette journée d'été prend une mauvaise tournure. L'incendie s'étend, la fumée devient chaque minute plus étouffante. Plusieurs habitants ont déjà été évacués.

Diana Bryant, 19 ans, et sa filleule Tiare se réfugient sur le petit balcon en ferraille qui mène à l'escalier de secours typique de ces logements victoriens aux États-Unis. Elles sont secondées par le pompier Robert O'Neil, qui monte sur le toit. Il est à moins de deux mètres d'elles et crie à la jeune femme de lui tendre la fillette de 2 ans. Mais Diana n'y parvient pas. Seule solution, les rejoindre sur la plate-forme bringuebalante pour les rassurer et les évacuer par la grande échelle. La chaleur est telle que les trois naufragés se placent le plus loin possible du mur... dans l'angle, au bord du vide. O'Neil sait l'urgence de la situation. Au moment où il s'agrippe à l'échelle, l'escalier dévisse et s'échappe sous leurs pieds. En une fraction de seconde, le pompier tente d'attraper Diana qui tient la fillette. En vain.

Du cinquième étage, l'escalier, les jeunes femmes et les pots de fleurs tombent dans le vide. Quinze mètres de chute. Forman, lui, mitraille la scène et détourne le regard au moment de l'impact. Diana s'écrase au sol. La fillette atterrit sur sa marraine, qui amortit le choc. Les sirènes hurlent autant que les voisins. Diana est emmenée aux urgences et meurt dans la soirée. Tiare survit.

Le lendemain, la photo de Stanley Forman fait la une du *Boston Herald*. Les corps sens dessus dessous mêlés à la carcasse métallique. Un choc. Le cliché nourrit une polémique entre ceux qui crient au voyeurisme dégoulinant d'une presse sensationnaliste et les défenseurs d'un journalisme rigoureux et sans fard.

Les autorités de Boston en profitent pour revoir les mesures de sécurité des escaliers de secours de la ville. La photographie devient alors un outil de sensibilisation utilisé par des associations de prévention des risques à travers tout le pays. Habitations et bientôt lieux publics, entreprises et usines, tous se doivent d'améliorer leurs issues de secours. Un mal pour un bien.

Forman, lui, remporte son premier Pulitzer.

Course d'obstacles

Les chevaux sont lancés. L'Epsom Derby dure moins de trois minutes, mais c'est une course capitale pour Ada Byron. Elle doit gagner, sinon la banqueroute est inévitable. Son talent en calcul des probabilités devrait l'y aider.

Sa mère a tenu à ce qu'elle reçoive la meilleure éducation possible. Pas celle de son père, tourné vers les mots et qui ne l'a jamais reconnue, non ; dès son plus jeune âge, Ada apprend les mathématiques, passion de sa mère. Elle reçoit chez elle des cours privés et dévore livres et notes sur le sujet.

Adolescente, elle rencontre celui qui deviendra son mentor, le mathématicien Charles Babbage. Les travaux de cet éminent professeur sur la machine à calcul fascinent la jeune apprentie qui dès lors, soutenue par son époux, premier comte de Lovelace, poursuit ses études et se concentre sur la machine analytique à la conception de laquelle s'épuise Babbage.

Entre-temps, on lui propose la traduction du mémoire de l'Italien Federico Menabrea, elle qui parle si bien français.

Le document, qu'Ada traduit dans la langue de Molière deux ans durant, porte sur une description précise de la fameuse machine de son professeur. Elle la connaît sur le bout des doigts et enrichit le texte original. Charles Babbage, ayant toute confiance en elle, lui suggère alors de joindre ses propres annotations au mémoire.

Après neuf mois de travaux supplémentaires, elle ajoute donc sept notes classées de A à G. Ses remarques, relues et corrigées par Babbage, se révèlent trois fois plus importantes que l'article original. Dans la septième note, Ada explique le principe de l'unité centrale et du stockage tout en décrivant l'utilisation de cartes perforées sur lesquelles sont inscrites les instructions données à la machine et les résultats qui en découlent. Surtout, elle en détaille la programmation et conçoit un algorithme pour calculer les nombres de Bernoulli, une suite de nombres rationnels. Ce tableau est le premier programme informatique de l'histoire.

Seulement, la découverte ne suffit pas à maintenir les subventions du gouvernement britannique destinées au projet. Ada se met alors à puiser dans sa fortune personnelle pour poursuivre ses travaux.

Les sabots frappent lourdement la piste de l'Epsom Derby. Teddington vainqueur ! Lady Ada Lovelace a encore une fois misé sur le mauvais cheval. Les mathématiques et les probabilités ne l'ont aidée en rien dans cette affaire. Ruinée, endettée, elle ne verra jamais la machine terminée. Atteinte d'un cancer, elle meurt au même âge que son père, le poète Lord Byron. Elle a 36 ans. C'était en 1852.

Dames de pique

Une affaire de plus pour Vidocq, le chef de la brigade de sûreté. Le scénario est toujours le même. Une damoiselle s'engage sagement sous les arcades du Palais-Royal au bras de son damoiseau. Elle replace son châle en cachemire sur ses frêles épaules, lorsqu'elle ressent une vive douleur au niveau de la hanche. Elle crie, lui reste interdit, un homme s'enfuit dans le tohu-bohu.

Quelques jours plus tôt, début juillet 1818, une autre femme a perdu connaissance aux Tuileries. Amenée d'urgence au château, on découvre sur le bas de son dos de longues griffures. C'est désormais établi, un piqueur en série sévit dans les rues de Paris.

Au Louvre, sur le Pont-Neuf... L'été passe et les cris étranglés se succèdent. À chaque jour ses victimes, âgées de 15 à 20 ans en moyenne, et le récit mi-indigné, mi-amusé des gazettes. Car le criminel ne vise qu'une chose : le postérieur de ces gentes dames. Blessures superficielles, mais honneurs meurtris. Alors on ne sort plus seule, on évite les lieux sombres, les places trop achalandées et la nuit tombée, toujours sur le qui-vive, prête à bondir au moindre frôlement. Mais aucun signalement n'arrive à être établi.

La police soupçonne l'œuvre d'un ouvrier malappris dont l'objet du délit serait un poinçon, peut-être une grande aiguille, fixé au bout d'un parapluie ou d'une canne. À la fin de l'automne, plus de quatre cents victimes se sont fait connaître. La maréchaussée invite les citoyens à observer la plus grande vigilance et leur enjoint de l'aider à démasquer la fripouille.

L'année 1819 suit, et avec elle chansons, complaintes, caricatures. Et rumeurs. On dit maintenant qu'il y aurait une horde de satyres dans la capitale et que certaines des piqûres seraient empoisonnées. L'affaire ne peut en rester là. Un pharmacien éclairé de la rue Saint-Louis propose une pommade prompte à mettre un terme aux piteux effets. Surtout, un armurier fait florès en tapant le fer pour offrir aux demi-lunes apeurées une cuirasse callipyge, « un préservatif contre la piqûre » en métal léger que chaque demoiselle avisée portera sous ses jupons. Le commerce fleurit.

Fin janvier 1820, Auguste-Marie Bizeul, 35 ans, tailleur de pierre, est arrêté et condamné à cinq ans de prison et 500 francs d'amende. Le sacripant est dorénavant sous les verrous et ces demoiselles peuvent à nouveau parader libres dans les rues de la capitale. Les commerçants avertis n'ont plus qu'à revenir à leurs affaires courantes.

On dit pourtant que Vidocq a choisi le pauvre ouvrier Bizeul sans preuve aucune. D'ailleurs, les piqûres reprennent de plus belle, sans que la presse s'en émeuve désormais. Une belle affaire de corneculs.

Drôles de zèbres

La guerre est déclarée. Kerr prend le taureau par les cornes et attaque Wilkinson. Les deux hommes clament haut et fort qu'ils sont les inventeurs d'une technique qui a sauvé des milliers de vies pendant la Grande Guerre.

Depuis le début d'un conflit devenu mondial pour la première fois, des centaines de bateaux finissent au fond des océans, et avec eux soldats, marins et civils. Car les U-Boots allemands, véritables machines de guerre, frappent navires militaires et marchands. Le torpillage du paquebot britannique *RMS Lusitania* par l'un de ces sous-marins en mai 1915 fait réagir la Royal Navy, qui cherche dès lors à protéger sa flotte. La peinture grise n'y suffit plus.

Affecté à la surveillance des sous-marins dans le détroit des Dardanelles, le peintre de marine Norman Wilkinson a une idée qui fait mouche. Le *dazzle painting*, ou camouflage en trompe-l'œil. Grâce à des lignes brisées peintes sur les bateaux, la vision par un vaisseau ennemi s'en trouve perturbée. L'enchevêtrement de rayures, triangles et zigzags aux multiples couleurs produit de faux effets de perspective, distord l'image observée par les télémètres optiques et noie le poisson. L'ennemi ne parvient plus à distinguer le type de bateau, son cap ni sa vitesse. À la tête d'une unité de vingt modélistes et camoufleurs, Norman Wilkinson habille plus de deux cents navires.

Seulement, Graham Kerr lui dispute la paternité de la trouvaille et l'accuse de vol. Dès 1914, dans une lettre adressée au premier lord de l'Amirauté britannique, Winston Churchill, le zoologiste proposait de s'inspirer des taches des zèbres, girafes et jaguars comme moyen de tromper le prédateur. La nature comme exemple. Après des essais réussis dans les Dardanelles, son projet avait pourtant été rejeté. En 1922, le litige entre les deux hommes n'est toujours pas tranché.

Malin comme un singe, Wilkinson parvient à faire croire que son rival visait l'invisibilité – évidemment impossible – des navires, et non leur maquillage intentionnel. Le peintre est alors officiellement reconnu comme l'inventeur et Kerr avale une couleuvre. Entre-temps, le camouflage est passé de mode et le terne gris a refait son apparition sur les mers.

Faites l'amour, pas la guerre

L'escadron essuie les tirs américains depuis près d'une heure. Soudain, le capitaine observe son lieutenant avec intérêt. Il n'avait jamais saisi à quel point il le trouvait séduisant dans cette tenue de combat qui met en avant sa musculature travaillée. Le subordonné lui renvoie un regard ardent. Irrésistiblement attirés, les deux soldats se rapprochent, lâchent leurs pétards et s'embrassent langoureusement. L'ennemi est en déroute. Victoire américaine !

Le début des années 1990 marque la fin de la guerre froide. Les conflits devront être propres, sans bombardements de masse ni victimes collatérales. En 1994, l'US Air Force charge l'une de ses divisions de travailler sur des armes alternatives non létales. Des outils capables de déstabiliser et d'affaiblir efficacement les troupes ennemies. Le Wright Laboratory présente dans le plus grand secret un plan sur six ans pour un investissement de 7,7 millions de dollars. Dans une note de quelques pages à peine, les scientifiques avancent plusieurs idées d'armes chimiques classées en trois catégories.

La première propose de vaporiser les pistes empruntées par le camp adverse de produits rendant les abeilles agressives, les insectes belliqueux et les rongeurs menaçants.

La deuxième promet le marquage de l'ennemi. Mauvaise haleine et odeurs corporelles nauséabondes perturberaient ainsi les rangs. Et ce durant des semaines entières, les empêchant de se mêler à la population locale et donc de disparaître dans la masse en cas de défaite. L'ennemi pourrait aussi ne pas savoir qu'il est marqué, grâce à des parfums non détectables par l'homme, avant d'être repéré par une brigade canine.

Enfin, les experts fantasment et imaginent des amours interdites dans le camp adverse. Pour cela, ils suggèrent de développer une arme à base de phéromones. Finies la discipline et la « morale », explique sérieusement la note. Un « exemple dégoûtant » d'un aphrodisiaque capable d'entraîner la débâcle de l'ennemi en provoquant « des comportements homosexuels » entre soldats. Quoi de plus terrible et dérangeant aux yeux de l'armée américaine...

L'affaire de la « bombe gay » éclate au grand jour en 2005, grâce à une ONG militant contre les armes biologiques. Gêné, le Pentagone dément, jure qu'il ne s'agissait que d'une idée, d'une piste de travail, immédiatement rejetée. Et qu'il ne fallait surtout pas la prendre au mot.

Les jours les plus longs

La robe violette de l'archevêque de Paris rompt la foule et calme la bataille. Juché sur une barricade, monseigneur Affre en appelle à la réconciliation entre ouvriers et forces de l'ordre.

Ce 25 juin 1848, cela fait quatre jours que les Ateliers nationaux ont fermé. La capitale est une poudrière depuis que la Monarchie de Juillet a laissé place à la Seconde République. Enfin la promesse de mesures sociales exigées par la frange ouvrière des révolutionnaires !

Les libéraux et les démocrates cohabitent dans un gouvernement provisoire : Lamartine, Arago, Crémieux, Ledru-Rollin, Louis Blanc… Ce dernier, journaliste et historien, milite pour la création d'un ministère du Travail et la mise en place d'associations d'ouvriers autonomes, sans patron. Une solution prompte à répondre au chômage qui touche les Parisiens et à calmer leur colère. Au lieu de cela, des Ateliers nationaux sont créés le 27 février 1848.

L'ingénieur chimiste Émile Thomas en prend la direction, avec l'aide des élèves de l'École centrale, et l'État fournit les fonds nécessaires pour rémunérer les futurs ouvriers.

Les chômeurs obtiennent un bulletin d'admission à leur mairie d'arrondissement. Des artisans pour beaucoup, qui ne connaissent rien à la construction. Le cadre est précis. On embauche à 6 heures pour finir à 18 heures. Tout manquement au premier appel du matin est sanctionné d'une amende de 25 centimes, l'absence de réponse au second annule le paiement de la journée de travail.

La perspective d'un gagne-pain assuré attire les candidats. Mais un problème majeur menace : les aspirants sont légion, plus de 117 000 début avril, et les chantiers, eux, trop peu nombreux. On refuse du monde. Les plus chanceux travaillent à la construction des gares Saint-Lazare et du Mont-Parnasse pour 2 francs de salaire journalier. Les élèves de Centrale en perçoivent 3 de plus.

On occupe les moins veinards avec des travaux sans fin, sans but, absurdes. Ils dépavent des rues pour les repaver, dessouchent des arbres pour les replanter, creusent des tranchées pour les reboucher. La capitale vibre de cette main-d'œuvre pendant ce printemps 1848 et engendre les Sisyphe des temps modernes.

Jugés mal organisés, inutiles et coûteux, les Ateliers nationaux sont suspectés par le gouvernement d'être également des foyers d'insurrection. Une belle occasion pour les dissoudre le 21 juin 1848. Fin de l'expérience au bout de quatre mois à peine et, surtout, fin de la rémunération.

La poudrière explose. Émile Thomas est remercié et prié de faire place, il doit quitter la capitale dans la journée. Vingt mille Parisiens s'insurgent. Cinq jours durant, les émeutes entre policiers et travailleurs font plus de 5 000 morts. L'archevêque Denys Affre, pris entre deux feux alors qu'il préconise la paix et la réconciliation, reçoit une balle perdue et s'écroule. La République a trahi les ouvriers.

Les fiancées de Frankenstein

Avril 1917, à tout juste 18 ans, Grace Fryer est embauchée à l'usine d'Orange, New Jersey. C'est une chance de travailler pour la Radium Dial Company, car le salaire y est trois fois supérieur à celui des autres ouvrières du pays.

Grace apprend le métier avec minutie. Il est simple : il suffit de peindre des cadrans de montre d'une peinture radioluminescente de ses doigts délicats pour 1,5 cent par cadran réalisé.

Le trait doit être le plus fin possible sur cette plaque de 3 centimètres. Pour cela, Albina et Mollie lui donnent un truc : affiner le pinceau en poils de chameau en le mouillant à ses lèvres. Grace s'inquiète alors de savoir si cette peinture verte est nocive pour la santé. Le contremaître la rassure : elle n'a rien à craindre, le radium n'est pas mauvais à faible dose !

Après tout, la réclame vante chaque jour ses effets positifs dans des crèmes de jour, des bouteilles d'eau et de lait. Et puis les filles s'amusent avec cette peinture qui brille dans le noir. Elles apportent leur robe de gala à l'usine pour l'enduire de peinture et briller ensuite en soirée, se vernissent les ongles et se badigeonnent les dents pour luire le noir venu. Quelle classe, quelle originalité ! Effets indésirables inclus.

Les dents de la copine Mollie se déchaussent, remplacées par des abcès géants. Sa mâchoire se brise à la seule pression des doigts. Elle enchaîne les examens médicaux, se soumet à des radiographies qui ne font qu'aggraver son cas. Mais elle se désintègre un an durant et meurt dans une mare de sang à 24 ans. La colonne vertébrale de Grace, elle, part en miettes. Les nécroses et tumeurs cancéreuses se multiplient. Les mortes aussi.

Une enquête indépendante est lancée et prouve le lien entre peinture et maladies. La direction a engendré des monstres. Mais, comme elle réfute les résultats de l'enquête indépendante, elle lance sa propre étude, soudoie médecins et dentistes, met les maux des ouvrières sur le compte de la syphilis. Le président de l'US Radium, la maison mère, va jusqu'à mentir au ministre du Travail, lui assurant que sa peinture est inoffensive.

Rejointe par trois ouvrières, Grace se venge. En 1927, les *Radium girls*, comme la presse les appelle désormais, intentent un procès à la Radium Dial Company et gagnent. L'employeur est jugé coupable – une première. La protection des salariés va pouvoir devenir un enjeu majeur et l'Agence fédérale pour la protection des travailleurs américains sera créée.

Grace et ses amies meurent peu de temps après. Entretemps, l'US Radium a fait visiter et vider les tombes des premières victimes pour éviter toute analyse osseuse. Les monstres ont disparu dans le brouillard.

La tour Bönickhausen

Les affaires sont florissantes pour Alexandre-Gustave Bönickhausen. Il collectionne les contrats et les réalisations s'enchaînent : ponts ferroviaires, gares, usines, viaducs, casino… Sa volonté de reprendre l'usine de teinture industrielle de son oncle a fait long feu. Il a eu bien raison, ses ateliers de charpentes métalliques à Levallois-Perret tournent à plein régime.

Pourtant, un grain de sable vient perturber la belle mécanique. En 1875, un dessinateur, renvoyé de ses ateliers, décide de se venger. Et se répand des mois durant sur son ancien patron. Bönickhausen… Forcément un Prussien ! Pis, un espion en mission secrète sous les ordres du chancelier Bismarck. La guerre de 1870, quatre ans plus tôt, et la défaite française ont laissé place au ressentiment et à la frustration dans le pays.

Le sang d'Alexandre-Gustave ne fait qu'un tour. Français né à Dijon, il porte plainte pour diffamation et fait condamner son ex-employé. Mais ce patronyme reste un problème pour lui. Comme pour ses ancêtres.

En 1710, son arrière-arrière-grand-père, Wilhelm Heinrich Johann Bönickhausen, né outre-Rhin, s'installe en France. Devant la difficulté des *Franzosen* à prononcer correctement son nom, il ajoute alors celui de sa région d'origine, l'Eifel. La famille s'appelle désormais Bönickhausen dit Eifel. Un héritage qu'Alexandre-Gustave Bönickhausen dit Eifel va s'employer à revendiquer.

Le 12 mars 1877, il rédige une lettre au garde des Sceaux, Louis Martel. Il y explique que son patronyme a « une consonance allemande qui inspire des doutes sur ma nationalité française [...] de nature à me causer soit individuellement, soit commercialement, le plus grand préjudice. Depuis la dernière guerre [...] on hésite à confier un travail et à faire des commandes à un Allemand ».

Le jour de ses 48 ans, le 15 décembre 1880, le changement de nom de Gustave Eiffel est officiellement reconnu par le tribunal de première instance de Dijon. Eiffel avec deux *f* pour effacer toute origine germanique. Une nouvelle décennie s'ouvre à lui. Avec elle, un projet de statue éclairant le port de New York. Et la tour la plus haute du monde pour l'Exposition universelle de 1889 qui doit se dérouler à Paris. Une tour qui portera son nom. Son nouveau nom.

Manège désenchanté

Il est 9 h 30 et Mickey Mouse verse ses premières larmes. Le voilà orphelin. À dix jours de Noël, le créateur préféré des enfants, Walt Disney, vient de mourir. Roy, son frère aîné, doit désormais veiller à la poursuite des plans pour l'année 1967 qui s'annonce. D'abord à la sortie du dix-neuvième long métrage d'animation des studios, *Le Livre de la jungle*. Mais surtout au projet Epcot, la ville du futur si chère à Walt.

L'année précédente, c'est devant d'immenses cartes que le producteur expose son idée à la caméra. Une cité futuriste baptisée Experimental Prototype Community of Tomorrow ou Epcot. « Une communauté planifiée et contrôlée, une vitrine de l'industrie, de la recherche », explique-t-il pour le film promotionnel. Une ville parfaite en somme, organisée, débarrassée des problèmes rencontrés par toutes les grandes agglomérations américaines. Installée sur une terre deux fois plus longue que Manhattan et bâtie sur un gigantesque terrain circulaire, Epcot se compose de trois zones.

En périphérie, une large partie résidentielle accueillera 20 000 habitants, employés et locataires. Aucun propriétaire, chômeur ou personne âgée, car chacun doit participer au projet.

Dans la deuxième zone, les bâtiments publics, les écoles, les églises, les centres sportifs…

Enfin, au cœur de la cité, commerces, restaurants, théâtres, bureaux reproduiront les rues d'un Paris des Lumières, d'une charmante place italienne ou d'un village gaélique. Y trônera non un château féerique aux tours majestueuses et factices, mais un building regroupant un hôtel et un centre de conférences, sous un dôme au climat toujours clément.

Le trafic routier sera relégué aux sous-sols dans différents tunnels pour certains réservés aux voitures, pour d'autres aux camions, afin de ne laisser voir que les rues piétonnes. Des monorails électriques partiront du centre pour desservir l'immense domaine et transporter les travailleurs pressés de rejoindre leur petit bout de paradis familial. Le tout dans une métropole en perpétuelle amélioration, propice à l'innovation. Une ville comme nulle part ailleurs sur la planète. Le projet est colossal.

Désormais seul à la manœuvre, Roy rebaptise le projet Walt Disney World et se concentre d'abord sur un parc à thème, baptisé Magic Kingdom, qui ouvre en octobre 1971. Deux mois plus tard, Roy meurt à son tour. La cité d'Epcot n'existe pas. Et ne se fera pas. Seul un parc éducatif portant ce nom ouvrira dix ans plus tard. La montagne a accouché d'une souris.

Faites sauter la banque

Jimmy est sorti pour profiter de son en-cas. Du haut de ses 17 ans, il travaille comme employé de bureau dans cette rue si étroite qu'est Wall Street. Midi du jeudi 16 septembre 1920 va sonner. La chaussée s'anime. Jimmy aperçoit un chariot qui fait halte devant la banque JP Morgan. Un homme en descend et quitte les lieux. Le cheval hennit. Midi et une minute, une explosion déchire la rue.

Au printemps 1919, la police est sur les dents. Début avril, un complot est démantelé. Trente-six explosifs étaient destinés à des représentants emblématiques des pouvoirs religieux, économiques et politiques. Les autorités suspectent une organisation radicale d'origine italienne. La Peur rouge atteint son paroxysme. L'anticommunisme est puissant et les syndicats sont jugés revendicatifs, voire violents.

Ce 16 septembre, il s'agit du premier attentat perpétré sur le sol américain, au cœur du pouvoir financier. Il ne reste rien du chariot, du cheval que les jambes. Un nuage de poussière recouvre quelques minutes encore des dizaines de corps sur les trottoirs et les marches du Federal Hall. Deux voitures sont retournées.

Jimmy, sonné et en sang, se relève bien vite. Devant l'ampleur de la catastrophe, il réquisitionne une voiture, embarque plusieurs blessés et fonce vers l'hôpital voisin de Broad Street. L'attaque fait 38 morts, plus de 200 blessés dont 143 graves. Et 2 millions de dollars de dégâts. Pour la première fois, les cours de la Bourse sont suspendus.

À la tête de l'opération, Mario Buda, immigré aux États-Unis en 1907. L'homme parvient à quitter le pays pour l'Italie et ne reviendra jamais. Si l'affaire n'est ni résolue ni close, Buda est toujours considéré comme l'inventeur de la voiture piégée.

Employés, secrétaires, coursiers et ouvriers sont les principales victimes de l'explosion. Jimmy a eu de la chance, il s'en est sorti. Au moment de l'attentat de Wall Street, la cible, le banquier John Pierpont Morgan, lui, était en vacances en Angleterre.

Quel barnum !

Phineas Taylor Barnum réalise un numéro d'équilibriste. Le patron de cirque tente de convaincre les autorités de New York et de Brooklyn de faire du pont qui relie désormais les deux villes le terrain d'une démonstration le jour de son inauguration. Non bien sûr pour se faire une gigantesque publicité à peu de frais, mais pour prouver à tous l'excellente solidité de l'immense ouvrage d'art en y faisant défiler ses plus beaux animaux. Car l'inquiétude grandit parmi la population, guère convaincue de la fiabilité de l'édifice. Refus catégorique des édiles qui ne veulent pas tomber dans le piège de l'entrepreneur. Barnum vacille, mais ne tombe pas.

Le 24 mai 1883, un grandiose feu d'artifice d'une heure vient clore l'inauguration du Brooklyn and New York Bridge en présence du président des États-Unis, Chester A. Arthur. Dès le premier jour, la fréquentation des bateaux assurant la traversée de l'East River baisse, tandis que celle du pont explose. Plus de 50 000 personnes et 1 800 véhicules empruntent le plus long pont suspendu du monde, près de 2 kilomètres. Pourtant, certains doutent toujours. Comment peut-il supporter autant de poids ? C'est impossible, la catastrophe est proche.

Le 30 mai, une femme dévale les escaliers après que le talon de sa chaussure s'est pris dans les planches. Apeurée, une promeneuse se met à hurler. Et entraîne avec elle un mouvement de foule. Persuadés que le pont est en train de s'effondrer, les milliers de promeneurs désertent l'édifice et se précipitent pour s'échapper. On se presse, on se bouscule, on se marche dessus, on s'écrase contre les grilles, on porte les enfants à bout de bras, on doit sortir à tout prix de cet enfer. Après plusieurs minutes, le calme revient et laisse découvrir des dizaines de blessés, en sang, parfois sans plus aucun vêtement. Et douze victimes, mortes piétinées.

Le pont, lui, n'a même pas vacillé. Il faut dire que l'architecte John Augustus Roebling a fait construire des armatures six fois plus résistantes que nécessaire. Mais le doute persiste.

Un an plus tard, au matin du 30 mai 1884, Barnum mène un véritable cirque ambulant avec pour chapiteau les câbles et les arches du pont de Brooklyn. Il est parvenu à convaincre les autorités du bien-fondé de sa proposition, d'autant plus utile depuis le drame de l'année passée.

Des chevaux, sept chameaux, dix dromadaires et vingt et un pachydermes défilent, avec Jumbo l'éléphant star et ses 7 tonnes en vedette. Barnum l'assure : si Jumbo et ses animaux empruntent le pont sans danger, alors vous pourrez le faire sans risque. La parade rassemble des milliers de curieux, qui ne se doutent pas que le pont aurait pu supporter 2 500 éléphants de plus sans aucun problème. Mais peu importe, l'opération est un succès pour la ville et surtout pour l'entrepreneur. Les citoyens sont désormais rassurés et Barnum a réussi son coup publicitaire.

L'étoile du berger

Le 20 février 1962 approche et John Glenn est inquiet. Il en va de sa vie. La mission spatiale Mercury-Atlas 6, qu'il va piloter, sera le premier vol orbital habité. Autant dire qu'elle est capitale. L'astronaute ne veut prendre aucun risque et n'a pas confiance dans les tout nouveaux programmes informatiques appelés à remplacer les cerveaux humains pour le calcul des trajectoires. Ces énormes machines connaissent encore quelques ratés. Il demande alors que cette vérification soit réalisée par l'une des femmes ingénieures. Et pas n'importe laquelle, une en qui il a toute confiance.

Dans cette Amérique sexiste et ségrégationniste de 1953, Katherine Johnson cumule deux handicaps. Elle est une femme et elle est noire. Elle postule néanmoins pour intégrer la Naca, l'agence spatiale américaine, ancêtre de la Nasa, en quête de mathématiciens. Katherine a de sérieux atouts. Élève brillante, elle a obtenu ses diplômes de mathématiques et de français avec la plus haute distinction et fut l'une des trois premiers étudiants afro-américains à entrer à l'université de Virginie, et la seule femme.

Embauchée au siège de l'agence à Langley, elle rejoint une équipe composée uniquement de femmes, qu'elle surnomme les ordinateurs à jupes. Jusqu'au jour où elle se voit temporairement transférée dans un service d'hommes travaillant sur les vols spatiaux. Elle insiste alors pour participer à des réunions où aucune femme n'a jamais été admise. Elle est accueillie à bras ouverts par ses nouveaux confrères, bluffés par ses connaissances et ses compétences. Elle ne les quittera plus.

Mais les lois de ségrégation restent fortes dans cet ex-État esclavagiste qu'est la Virginie. Alors, comme ses collègues afro-américains, elle se voit contrainte d'utiliser des toilettes séparées, de déjeuner dans un espace réservé à la cafétéria, et n'obtient pas les mêmes avancées salariales que les ingénieurs et scientifiques blancs.

Katherine Johnson compte, pose, retient, vérifie la trajectoire de vol durant un jour et demi. Tout est correct. John Glenn est rassuré, prêt à conquérir l'espace et à prendre la lumière. Katherine, elle, est prête à calculer les futures trajectoires de la Nasa, comme le rendez-vous spatial entre le module de commande et Apollo en juillet 1969. Génie de l'ombre.

Sécurité sociale

Bien sûr, Alice Hamilton est méprisée par la plupart de ses nouveaux collègues, elle n'est pas autorisée à fréquenter le Faculty Club, sans parler d'assister aux matches de football... Bien sûr, mais elle se tient bien droite, fière d'être la première femme à être nommée à Harvard. Elle devient en 1919 professeur assistant au nouveau département de médecine industrielle. Un événement relayé par la presse.

Après des études de microbiologie en Allemagne entre 1895 et 1897, Alice Hamilton s'installe à Chicago et devient la résidente du foyer d'accueil Hull House. C'est bien là qu'elle trouve sa voie, peut-être son combat. Dans cette résidence où les réformateurs sociaux offrent leurs services à des travailleurs pauvres, Alice mesure les conditions de vie difficiles de ces derniers, notamment sur leur lieu de travail.

Alors que l'industrie américaine se développe à vitesse grand V, la prise en compte des questions de sécurité et de santé au travail est inexistante. Poussières toxiques, produits chimiques, fumées de phosphore blanc, empoisonnement au mercure et au plomb conduisent à une hausse des accidents et des maladies incurables.

Effarée, elle entreprend des recherches dès 1907 pour s'apercevoir que la médecine industrielle n'a quasiment pas été étudiée aux États-Unis. L'année suivante, elle publie son premier article et prend la tête, en 1910, de la toute nouvelle Commission des maladies professionnelles de l'Illinois. Elle visite des usines, compile des dossiers médicaux, interroge pharmaciens et représentants syndicaux... et met en évidence la présence de plomb dans l'émail des baignoires, l'emballage en papier d'aluminium des cigares... Lutte acharnée, démarche sociale et faits scientifiques.

S'ensuit une première loi sur les maladies professionnelles qui oblige les employeurs à mettre en œuvre des procédures de sécurité limitant l'exposition des travailleurs aux produits chimiques nocifs, à proposer des examens médicaux mensuels aux travailleurs des métiers dangereux et à signaler les maladies au Département de l'inspection des usines, qui peut entamer des poursuites.

Alice Hamilton est décédée depuis trois mois quand, le 29 décembre 1970, le président Nixon signe la loi sur la sécurité au travail. Les employeurs doivent veiller à offrir un environnement sans risques, qu'ils soient toxiques ou mécaniques, à tous leurs salariés. Après le mépris, la reconnaissance.

Tour de force

Maurice Garin fait une échappée et creuse à nouveau l'écart... avec son domicile. « Où est le commissaire ?! » demande-t-il à tout vent. Les Lensois savent que la mémoire lui fait défaut, qu'il déraille et, prévenants, ils appellent la police. Cependant, ce n'est pas le commissaire de police qu'il réclame, mais celui de la course cycliste qu'il pense être en train de gagner. Le Petit Ramoneur est perdu.

Maurice Garin n'a que 14 ans lorsque sa famille quitte l'Italie natale pour la France. En 1885, à une époque où l'émigration est surveillée dans la vallée d'Aoste. La légende veut qu'il ait été échangé contre une meule de fromage par un rabatteur à la recherche de jeunes ramoneurs, surtout de petits gabarits comme lui. Le voilà à broyer du noir sur les toits savoyards avant de rejoindre Reims, Charleroi, puis Maubeuge. Un travail ingrat, dangereux, où souvent les maîtres ramoneurs n'hésitent pas à battre et à voler leurs seconds.

Alors, pour s'échapper, Maurice s'achète une bicyclette et dévale les rues de la ville matin et soir. Si vite. « Le fou », qu'on l'appelle ! Un vélo-club local le repère, lui propose une autre carrière, une nouvelle vie, et le met en selle. Maurice remporte sa première course. Dès lors, il investit dans un vélo tout neuf muni de pneus, une vraie fortune, multiplie les succès et se fait un nom : Paris-Roubaix, Paris-Brest-Paris…

En 1903, il prend le départ du premier Tour de France, dossard numéro 1. Six étapes seulement pour 2 428 kilomètres entre le 1er et le 18 juillet. Sans dérailleur, un seul frein et 15 kilos à mouvoir, le concours de grimaces est lancé. Crevaisons, chutes, douleurs intestinales, tricheries en tout genre, sprints et retards sont le lot quotidien des coureurs.

Maurice Garin remporte trois des six étapes. Alors oui, bien sûr, Fernand Augereau, qui le talonne, explique avoir refusé son offre de le laisser gagner, l'accuse d'avoir soudoyé son coéquipier pour le renverser et piétiner son vélo, puis d'avoir graissé la patte de quelques coureurs afin qu'ils passent leur chemin, de s'être fait remplacer par son frangin sur quelques tronçons… Mais Garin remporte le Tour et 6 125 francs.

Rebelote l'année suivante, vainqueur ! Et les magouilles, ententes, menaces, disputes, bastons et badauds trop chauvins sont légion. Après enquête, Garin et les trois suivants sont purement et simplement disqualifiés. Henri Cornet, cinquième du classement, devient ainsi le nouveau champion. Malgré tout, Garin a marqué l'histoire du cyclisme.

Fin de course. Maurice Garin se recycle à la tête d'un magasin de vélos et de machines à coudre avant de devenir le propriétaire d'un garage, qui sera reconstruit et modernisé après les bombardements de la Seconde Guerre mondiale. À Lens, là où il finira ses vieux jours et perdra les pédales.

La promesse de l'aube

Le soleil est encore haut en cette fin d'après-midi du 9 août 1803 et ne refroidit pas les Parisiens qui se pressent le long de la Seine. Au pied de la colline de Chaillot, l'embarcation de Robert Fulton vrombit. L'ingénieur américain a mis au point un bateau propulsé par la vapeur. Une révolution. Aux premières loges la presse, les membres de l'Institut de France. Et le Premier Consul, Napoléon Bonaparte... Devant lui, la promesse d'un système de navigation inédit pour la France. Saura-t-il saisir cette occasion unique ?

Inspiré par les travaux de Papin et de Jouffroy, Fulton n'en est pas à son coup d'essai. Au début du printemps, le peintre épris de mécanique a lancé sur la Seine son bateau dépourvu de voiles et de rames qui, sous le poids de la machinerie, s'est brisé avant de rejoindre le fond. Un échec cuisant qui marque les esprits. Fulton est inquiet. D'autant que, quelques années plus tôt, le Directoire avait dédaigné son projet de sous-marin baptisé Nautilus, au motif de sa dangerosité en cas de guerre.

Cette fois, l'embarcation, longue de 20 mètres, avance grâce à deux roues à aubes. La machine de 8 chevaux a été placée sur toute la longueur de la barque. Le « chariot d'eau mû par le feu » Périer-Fulton est bruyant, crache une fumée noirâtre, mais reste stable et accomplit sans problème les quatre allers-retours imposés en temps et en heure à la vitesse de 4,5 kilomètres-heure.

Le physicien et général Carnot, le géomètre Bossut, l'hydraulicien Prony, le philosophe Volney, le botaniste et explorateur Michaux observent, commentent et valident l'invention. Ces messieurs les membres de l'Institut sont même conviés à embarquer.

Le Premier Consul, lui, reste sceptique. Homme de terrain, Bonaparte ne s'intéresse que peu à la marine. Ses officiers sont circonspects face à la machinerie incapable de transporter leurs lourds canons. Et puis les artisans se contentent de leurs chevaux de trait et d'un réseau de halage performant et peu onéreux. Quant à l'industrie, elle n'est pas en mesure de produire ce nouvel arsenal et les quantités de charbon nécessaires sont jugées trop importantes.

Autant d'arguments qui poussent Bonaparte à décliner. Le bateau à vapeur ira voguer sous d'autres cieux et Fulton vendra son bateau au gouvernement américain.

Second souffle

Isambard Kingdom Brunel a le sang qui lui monte à la tête et le souffle court. Allongé sur une planche, à la verticale, les pieds attachés, secoué comme un prunier par le docteur Brodie. Il se remémore le point de départ de cet exercice de voltige en salon.

Trois semaines plus tôt, au cours du mois d'avril 1843, l'ingénieur britannique éteint l'un des quarante cigares qu'il compte fumer encore dans la journée, se retrousse les manches et demande l'attention de Junior, Henri et Florence. Le nouveau tour de passe-passe est fin prêt. La pièce d'or virevolte et disparaît sous les yeux de ses trois enfants. Mais, au lieu de rester cachée entre ses doigts, elle finit au fond de la gorge de l'apprenti magicien. Brunel tousse à plusieurs reprises. La pièce a probablement disparu aux tréfonds de ses entrailles et réapparaîtra bien naturellement dans quelques heures. Comme par magie.

L'ingénieur reprend le cours de sa journée et ses travaux sur le *SS Great Britain*. Seulement, le sou envahissant vit sa vie et intensifie fatigue et toux. Un chirurgien consulté conseille l'opération. Mais, en 1843, l'anesthésie générale n'existe pas encore et Brunel hésite. Le temps ne faisant rien à l'affaire, pas plus que les forceps invasifs, le docteur Brodie est désormais persuadé que la pièce sortira comme par magie s'il secoue son patient. Une première tentative échoue. Cette fois, Brunel rougit, s'étouffe. Et voit défiler sa vie riche d'inventions et de records qu'il bat sans cesse.

Des images de jeunesse lui reviennent en tête, à percer le tunnel sous la Tamise grâce à des tunneliers armés de boucliers imaginés par son ingénieur de père. Là où il a fait ses classes, où il a déjà évité la mort lors d'une inondation de la galerie. Des flashes qui se mélangent à ceux des trains à vapeur lancés à pleine puissance sur le pont de brique le plus large au monde qu'il a conçu, lui, l'ingénieur en chef de la Great Western Railway. Et au pont suspendu de Clifton, avec la plus longue portée jamais construite.

À son esprit s'amarre le *Great Western*, le plus rapide et le plus grand bateau à vapeur du monde, fait de bois, de voiles et de roues à aubes, portant sur les flots la riche clientèle entre Bristol et New York. Toujours plus grand, Brunel travaille actuellement à la construction du *SS Great Britain*, qui unit cette fois bois et métal, avec moteur, hélice et roues. Une première mondiale, encore.

Et des premières, Brunel compte bien en réaliser d'autres. Alors, ce 13 mai 1843, l'ingénieur de génie s'accroche à la vie, résiste, agonise, râle une dernière fois avant d'expirer la pièce, qui roule enfin sur le parquet. Brunel est libre. Remis de ses émotions, il reprend ses travaux en cours. Et va pouvoir s'atteler à concevoir le chemin de fer atmosphérique, un pont suspendu à chaînes à l'entrée du port de Bristol, à ériger la gare de Paddington à Londres…

Et à construire un dernier bateau, le *Great Eastern* en 1857, qui battra tous les autres en termes de proportions et de puissance. Devant lequel il posera fièrement, désinvolte et vaniteux, déjà malade, à bout de souffle.

La charge héroïque

Le Park Theatre de Boston ne désemplit pas ce soir d'octobre 1905. Tout le monde veut voir *Le Lion et la Souris*, même si Ida Tarbell n'est pas sur scène. La journaliste a refusé de jouer son propre rôle dans cette pièce adaptée de son livre.

L'Histoire de la Standard Oil Company, véritable best-seller, regroupe ses dix-neuf articles à charge contre cette entreprise réputée coriace, voire malhonnête. À une époque charnière qui voit s'éteindre le Far West, au respect précaire de la loi et de l'ordre, et naître une organisation administrative et industrielle, Ida Tarbell agrafe l'étoile de shérif à son revers, décidée à remettre de l'ordre dans les affaires de l'homme le plus riche du monde. Le duel au soleil fait chanceler John D. Rockefeller le hors-la-loi.

Rudyard Kipling, Arthur Conan Doyle, Jack London, Mark Twain... la liste des écrivains qui publient dans les colonnes du *McClure's Magazine* est prestigieuse. Ida Tarbell en fait partie. La jeune femme a déjà plusieurs biographies et séries d'articles à son actif lorsqu'elle propose d'enquêter sur la Standard Oil. Et de raconter par le menu les débuts de la compagnie et sa position dominante dans le secteur pétrolier. Son père la met en garde, Rockefeller est puissant et sans scrupule, et lui rappelle comment il a lui-même été ruiné par ses manœuvres lorsqu'il était un producteur indépendant d'or noir.

Ida le sait, s'en souvient, le dit et l'écrit : elle a été le « témoin de la haine, de la suspicion et de la peur qui ont englouti [s]a communauté » durant son enfance. Et en garde une blessure qu'elle veut réparer. Avant tout journaliste, elle va donc se concentrer sur les seuls faits. Et ils sont nombreux. Elle s'attaque à la montagne d'archives publiques et privées de la compagnie, rencontre une multitude de témoins alimentant chaque jour un peu plus ses recherches : experts du secteur, régulateurs gouvernementaux, producteurs indépendants et même employés de la Standard Oil. Son plus gros poisson reste le vice-président de la société en personne, Henry Rogers, qu'elle interviewe à plusieurs reprises et qui lui livre une kyrielle d'informations, sans forcément saisir la portée de ses déclarations.

Le premier article paraît en janvier 1903 et ouvre un long feuilleton captivant. Rockefeller refuse le duel, fait pression, menace de ruiner le magazine si l'enquête se poursuit. Sans succès. Ida, les colts aux poings, n'en a pas terminé...

Au cours de sa longue enquête, elle parvient à recueillir le témoignage d'un employé de bureau dont le travail consistait à détruire toute preuve néfaste à l'entreprise, tels des dossiers indiquant les échanges d'informations confidentielles entre la Standard Oil et les compagnies ferroviaires.

Et c'est tout simplement à la Bibliothèque de la ville de New York que la journaliste fait l'une de ses plus importantes découvertes. Elle réussit à mettre la main sur l'un des derniers exemplaires encore en circulation de *Rise and Fall of the South Improvement Company*. Les exemplaires de l'ouvrage publié en 1873 ont été récupérés et détruits par les pontes de la compagnie pour éviter toute mauvaise publicité. Il dénonçait les manœuvres orchestrées par Rockefeller pour limiter la production de pétrole raffiné et réorganiser les principales lignes ferroviaires, ainsi que le transport des barils, pour son seul profit.

Tarbell rappelle ainsi que, trente ans plus tôt, la Standard Oil a imposé ses conditions aux compagnies de chemin de fer, leur a fait baisser leurs tarifs de transport, puis les a obligées à refuser de charger les barils de ses concurrents. Avant de tenter un coup de poker. Rockefeller fait cesser tous les transports par train pour vingt-sept pétroliers indépendants qui ont décliné son offre de rachat à un prix dérisoire. Qu'ils vendent ou meurent. Étranglés, vingt-cinq d'entre eux finissent par vendre dans les trois ans qui suivent.

Rockefeller renouvelle l'expérience à Pittsburgh en 1879 et se construit un véritable empire. Pis, un monopole. Face aux menaces, la Standard Oil quitte l'Ohio, et ses lois antitrust, pour New York. Mais les salves d'articles dégainés par Ida rattrapent Rockefeller.

Les procédures s'enchaînent. Promulgué en juillet 1890, le Sherman Act prévoit de sanctionner quiconque empêcherait la libre concurrence par des abus de position dominante. En 1911, le département de la Justice poursuit la compagnie pour son non-respect. Le procès retentissant entraîne le démantèlement du monstre et la création de trente-quatre sociétés indépendantes, parmi lesquelles Chevron, Esso, Exxon et Mobil.

Le Far West se meurt sous le soleil d'un pays nouveau, fort et réglementé. Le bandit blessé se cache derrière la multitude de sociétés, dévalise dans l'ombre, frôle le siècle d'existence et meurt richissime en 1937. Ida Tarbell passe aussi à la postérité pour la qualité de ses enquêtes, première journaliste d'investigation. Et pour avoir fait mettre un genou à terre à John D. Rockefeller.

Gardien de la paix

À la tristesse de perdre son frère aîné, Ludvig, s'ajoute le choc de lire ces lignes dans le journal : « Le marchand de la mort est mort. » Non seulement le quotidien s'est trompé de frère, mais en plus il décrit Alfred Nobel comme l'homme qui a trouvé « le moyen de tuer plus de personnes plus rapidement que jamais auparavant ». L'industriel qui a fait fortune grâce à la dynamite se sentait déjà responsable de la mort de son frère cadet Emil. Bien vivant, Alfred Nobel réalise alors quel triste héritage il va laisser dans l'histoire. Et décide de changer la donne.

Les sciences et l'ingénierie sont une affaire de famille chez les Nobel. Immanuel, le père, a fondé une entreprise de mines marines et a inventé le principe du contreplaqué ; Ludvig, le fils aîné, a créé la première compagnie pétrolière mondiale Branobel, qui fait de lui l'un des hommes les plus riches de Russie. Jeune chimiste, Alfred a suivi le sillage de ses aînés et s'est spécialisé dans l'étude des explosifs, et notamment la nitroglycérine. Connu pour être instable, ce composé occasionne de nombreux accidents, parfois tragiques.

Le 3 septembre 1864, l'usine de Heleneborg, près de Stockholm, est soufflée par une explosion due à la nitroglycérine. Cinq personnes y perdent la vie, dont Emil. Les autorités suédoises se montrent dès lors frileuses. Mais l'exploration minière et la construction de lignes de chemin de fer réclament un explosif plus puissant que la poudre à canon et plus stable que la nitroglycérine.

Nobel s'évertue alors à rendre cette dernière plus sûre et dépense sans compter. Et c'est par hasard qu'il va faire une découverte capitale. De la nitroglycérine renversée accidentellement sur du kieselguhr ne provoque aucune explosion. La roche offre une meilleure stabilité, le mélange conserve toute sa puissance et se glisse dans un tube en carton auquel un détonateur est ajouté pour contrôler le moment précis de l'explosion. Plus de risques inutiles. Après des essais dans une carrière anglaise, Nobel dépose le brevet de la dynamite et l'industrialisation commence.

Il améliore ensuite sa trouvaille en remplaçant le kieselguhr par de la nitrocellulose ; plus stable encore et plus puissante, cette pâte malléable est baptisée dynamite gomme ou pain de plastique. Mais, pacifiste convaincu, Nobel n'avait pas imaginé que ses découvertes serviraient aussi des intérêts militaires et anarchistes. Et encore moins le sobriquet morbide dont on l'affuble désormais.

Deux projets lui tiennent alors à cœur. D'abord, fonder un établissement où, après un somptueux banquet, les gens désireux d'en finir seraient euthanasiés au son d'une musique relaxante et dans les effluves de leur parfum favori.

Ensuite, léguer son immense fortune pour récompenser chaque année quiconque aura « agi pour le plus ou le mieux pour la fraternisation des peuples » et la paix.

Si le premier projet ne verra jamais le jour, le second le fera passer à la postérité auréolé d'une image positive. Il aura réussi son pari.

L'impossibilité d'une île

Une mèche de coton beurrée dans les narines, de la charpie mélangée à de la graisse dans les oreilles, dix vessies de porc en chapelet autour de la taille, un bonnet de coton, quatre sacs de 20 kilos de galets siliceux noirs attachés aux jambes... Aimé Thomé de Gamond est fin prêt pour son exploration des fonds marins de la Manche. En apnée. L'entraînement a été intense et les tentatives en scaphandre n'ont pas été du goût de l'aventurier. L'attaque de congres à venir restera anecdotique, il est persuadé de la viabilité de son projet. Il veut construire un tunnel sous la Manche.

L'ingénieur est convaincu que l'on peut relier la France à l'Angleterre. Il n'est pas le premier à y penser, mais lui multiplie les idées. Un tube de fer posé, muni d'une galerie blindée dans laquelle circuleraient des trains, un « bouclier hydraulique » capable d'avancer lentement sur le fond, différents ponts de 40 kilomètres de longueur dont les piliers ne feraient que gêner les bateaux, un bac permettant le transport en commun...

Si certains sont fantasques, ses travaux restent les plus aboutis. Et l'idée la plus réaliste, il en est sûr désormais, demeure le tunnel creusé dans la roche. Avec, à mi-parcours, une île artificielle. Ce qui lui manque, ce sont des relevés géologiques précis.

En ce jour de 1855, Aimé Thomé de Gamond, armé de son attirail, effectue trois plongées en apnée à une trentaine de mètres. Avec celles réalisées en scaphandre, il collecte soixante-quatorze échantillons qui l'assurent de la faisabilité du projet.

Le 20 avril 1856, son ami Napoléon III est conquis. La reine Victoria, quant à elle, donne sa bénédiction. Thomé poursuit ses études et bétonne son dossier. Il imagine un service de quatre trains de voyageurs et treize autres de marchandises chaque jour. Mais la chute de l'empereur en 1870 signe la fin de ce soutien de poids. On dit alors l'ingénieur ruiné, ce qui entache sa réputation. Progressivement, Thomé perd le contrôle, se voit relégué, puis évincé du projet.

Trahi, rejeté, malheureux, Thomé sombre dans la tristesse et la misère, et se voit enterrer le 2 février 1876 dans la concession familiale de son gendre. Il ne verra ni son retour en grâce après de multiples recours accordant à sa famille une rente annuelle de 6 000 francs pour le dédommager de ses investissements financiers et moraux, ni le bout du tunnel.

Un travail de fourmi

À 2 heures du matin, George Merrett quitte femme et enfants endormis pour aller turbiner. L'ouvrier de 34 ans travaille depuis huit ans pour la Lion Brewery et entame sa journée dans le Londres endormi ce 17 février 1872. À l'approche de la brasserie, une silhouette le croise et tire par trois fois. Merrett s'effondre, la gorge en sang et le dos perforé à deux reprises.

En 1857, dans la révolution industrielle naissante, la nécessité d'un répertoriage exhaustif de la langue anglaise se fait jour. La Société de philologie de Londres entreprend donc de concevoir un dictionnaire de référence pour collecter cette immense masse de données et pallier la pauvreté des catalogues existants. Très vite, le lexicologue James A. H. Murray en assure la supervision et établit un planning : 6 400 pages de mots et définitions en dix ans. Mais, après cinq années, le comité n'en est toujours qu'à la lettre A, parvenu au mot *ant*, la fourmi. Le pari est impossible à tenir.

Murray lance alors un appel à tous les Anglo-Saxons du monde désireux de participer au projet. Il le résume dans un court livret où il liste aussi deux cents auteurs incontournables dont les œuvres seront les sources du futur dictionnaire. Des centaines de contributeurs se mettent alors à l'ouvrage.

Celui qui offre le travail le plus abouti se nomme William Chester Minor. Dès 1880, ce chirurgien de l'armée américaine rédige des milliers de fiches riches et complètes, notamment sur les ouvrages des XVIe et XVIIe siècles. Murray est fasciné par les qualités intellectuelles hors norme et les écrits de ce correspondant qui semble avoir un temps infini pour s'atteler à cette tâche. Les deux hommes entreprennent une correspondance sur l'avancée des travaux, qui s'étale sur onze ans. Jusqu'à leur rencontre en 1891, où Murray découvre que son plus brillant contributeur lit, compile et rédige depuis l'asile psychiatrique de Broadmoor, à l'ouest de Londres.

Abîmé par la guerre de Sécession durant laquelle il opérait les soldats, Minor a développé des tendances paranoïaques. À tel point que, lors d'un voyage en Angleterre près de vingt ans plus tôt, il a, en pleine rue, tué un homme qu'il pensait prêt à pénétrer dans son appartement. L'ouvrier George Merrett.

Jugé irresponsable, Minor est interné. Murray comprend que le dictionnaire anglais doit sa richesse à la mort d'un homme et pourquoi Minor est si productif.

À la question de savoir comment il se procure les livres de référence, le chirurgien des mots répond que la veuve de Merrett lui rend souvent visite, lui offrant chaque fois l'un de ces ouvrages.

Foret noir

Edwin Drake et Bill Smith sont épuisés par les mois écoulés. Ils ont creusé plus que de raison et n'ont toujours pas trouvé une goutte de pétrole. Alors ce samedi soir, quand leur foret s'enfonce d'un coup sec et se bloque, ils abandonnent leur chantier jusqu'au lundi. Mais, le lendemain matin, Smith revient contrôler l'installation et découvre une marée noire au pied du puits. Il prévient Drake, qui installe aussitôt une pompe et une baignoire pour récupérer le précieux liquide. Ce dimanche 28 août 1859, les deux hommes doublent la production mondiale de pétrole.

Rhumatismes, rage, cancer… Aucun mal ne résiste aux potions miracles des charlatans qui sillonnent les États-Unis avec tente bariolée et spectacle assuré. La recette est toujours composée d'eau, d'épices, d'un ingrédient secret confié par une quelconque tribu indienne, et d'un peu de pétrole.

Le marché fait la fortune de certains, Bissel et Townsend comptent bien en tirer profit à leur tour. Et, pourquoi pas, viser aussi le marché de l'éclairage avec le pétrole lampant. Les businessmen, qui viennent de fonder la Rock Oil

Company, rencontrent Edwin Drake. Cet ancien mécanicien des chemins de fer se voit confier un salaire de 1 000 dollars annuels, le surnom de colonel pour en imposer, et la lourde tâche de trouver du pétrole à Oil Creek, près de Titusville.

Dans cette bourgade, où les scieries sont la principale industrie, l'huile noire est une promesse toujours non tenue. La technique de la couverture posée à même le sol pour absorber le surplus de pétrole a ses limites. Aidé par Smith, ancien forgeron et ouvrier dans les salines, Drake conçoit un derrick muni d'un foret métallique venant fracturer la roche et pomper les poches d'or noir. Et, face aux éboulements à répétition qui viennent boucher le trou et bloquer le vilebrequin, le colonel enferme ce dernier dans un long tube métallique. Plus les jours passent, plus les mètres sont creusés, plus les railleries des habitants d'Oil Creek se font entendre. Jusqu'au 28 août. Le pétrole jaillit, la richesse est assurée.

C'est une marée humaine qui s'abat sur la petite ville et les derricks se comptent désormais par dizaines. Des copies du système de forage inventé par Drake qui, davantage mécanicien qu'homme d'affaires, a oublié de déposer le brevet de son invention. Le boom pétrolier entraîne la chute du cours, et avec elle la faillite de bon nombre de petites sociétés. Drake finit ruiné.

Chair à canon

Fébrile, Margarethe von Ende tend au Kaiser Guillaume II une lettre et des photographies anonymes en espérant un conseil avisé, elle qui veut faire payer son époux. Les révélations fracassantes qui accusent Friedrich Alfred Krupp des pires horreurs pourraient fragiliser l'industrie allemande. Le fabricant d'armes serait homosexuel. L'affaire est grave. Le souverain, qui comprend l'ampleur du scandale, se promet de tout faire pour protéger son ami. Et commence… par faire interner Margarethe dans un asile.

Krupp est l'homme le plus riche d'Allemagne en ce début de XXe siècle. Les aciéries fondées par son grand-père emploient 70 000 personnes, fabriquent des rails, et surtout les meilleurs canons du monde. Fournisseur exclusif de l'armée, l'entreprise s'assure une production permanente en contrôlant mines de charbon et de fer.

En patron progressiste, Krupp améliore la vie de ses salariés. Au geste mécanique, il répond par un accès à la culture et aux arts. Au gris des usines, par un village de vacances composé de maisons d'architecte. Lui s'échappe l'hiver dans un hôtel de Capri, loin de son épouse et de ses filles Barbara et Bertha, loin de l'Allemagne et de sa loi qui punit l'homosexualité masculine d'une peine de prison.

Les habitants de l'île jouissent des largesses de Krupp, qui participe à la vie locale, s'adonne à la recherche sous-marine, achète des tableaux aux rapins locaux, construit des routes et finance un parti politique régional. Tous ferment les yeux sur les goûts du milliardaire. Krupp fait embaucher par l'hôtel des serveurs à qui il laisse pour pourboire les plaisirs de la chair et tombe sous le charme d'Adolfo Schiano, jeune barbier qu'il couche sur son testament. Il fait aménager une grotte abritant, selon des articles de presse, les amours orgiaques d'un magnat au rythme de feux d'artifice.

À la fin de l'été 1902, la rumeur enfle. Capri, c'est fini ; Krupp rejoint l'Allemagne et la protection du Kaiser. Mais, le 15 novembre, le quotidien *Vorwärts* titre : « Krupp à Capri ». Le scandale éclate. Jeté en pâture, l'intéressé porte plainte. Tous les exemplaires sont saisis jusque chez les abonnés et détruits.

Une semaine plus tard, Krupp meurt d'une insuffisance cardiaque aiguë. Nombreux sont ceux qui croient au suicide. Guillaume II est furieux et accuse l'opposition dans un discours prononcé lors des funérailles. Margarethe est libérée de son asile et la jeune Bertha reprend bientôt les rênes de l'entreprise. Son prénom deviendra celui du canon le plus puissant et le plus meurtrier de la Grande Guerre.

Le coup du lapin

Cela fait dix jours que les troupes allemandes sont entrées dans Paris. Déjà tourmenté par la défaite française et cette occupation qui ne fait que commencer, Joseph Meister apprend que son épouse et ses filles, qu'il a envoyées à l'abri, ont péri sous les bombardements ennemis. Ce 24 juin 1940, à 64 ans, le concierge de l'Institut Pasteur décide d'en finir.

Marie-Angélique Meister a traversé la moitié de la France et sillonné la capitale pour retrouver la trace de ce scientifique que l'on dit capable de soigner la rage. Deux jours plus tôt, le 4 juillet 1885, son fils de 9 ans, Joseph, a été attaqué au petit matin par le chien de chasse de l'épicier du village alsacien de Maisonsgoutte. L'animal, qui doit avoir la rage, l'a mordu à quatorze reprises aux mains et aux jambes avant de se retourner contre son maître. Il est abattu par les gendarmes. Une autopsie réalisée par un vétérinaire confirme les suspicions. Paille, foin et fragments de bois cohabitent dans son estomac. Joseph, lui, est soigné par le médecin du village qui cautérise les plaies à l'acide phénique et craint que le petit ne contracte la maladie.

C'est dans son laboratoire de la rue d'Ulm, au cœur du 5e arrondissement, que Louis Pasteur reçoit les Meister. Il hésite longuement, car il n'a jamais inoculé son vaccin à un être humain. Certes, ses cultures de moelle épinière de lapins rabiques et ses essais sur des dizaines de chiens déjà malades démontrent l'efficacité du vaccin, à la fois préventif et curatif. Mais il rappelait encore il y a quelques mois que « le tenter sur un humain serait criminel ».

Pourtant, face aux souffrances de Joseph, il se décide et fait appel au docteur Grancher, pédiatre à l'hôpital Necker, pour injecter sa suspension faite de broyat de moelle épinière de lapin sous la peau du ventre du garçon. Joseph devient le premier patient à recevoir le vaccin contre la rage, et ce à vingt et une reprises, jusqu'au 16 juillet.

Sa guérison fait la renommée de Pasteur et la création d'un institut à son nom. L'enfant et le médecin entretiennent une correspondance au fil des années et une sincère amitié… à tel point que Meister devient le concierge de l'Institut durant vingt-deux ans.

Jusqu'à ce 24 juin 1940 où la peine est trop grande, la rage trop forte. Éploré, Joseph Meister se sent responsable de la mort de sa famille. Alors, chez lui, il allume le gaz et se donne la mort. Le soir même, son épouse et ses filles rentrent à Paris. Bien vivantes.

Un jour, la 3D viendra

Il était une fois une princesse en haillons, sept petits mineurs et une reine maléfique qui habitaient un monde féerique. Un monde magique en gestation. Un monde résolument… plat.

Pour concevoir le tout premier long métrage d'animation, Walt Disney veut innover encore. Après avoir introduit le son dans un court métrage en 1928, puis la couleur, place au réalisme. Une obsession pour le jeune producteur de dessins animés. Son credo, travailler sur la perspective et la profondeur afin d'immerger le spectateur dans le dessin, lui faire croire que Blanche-Neige et ses sept acolytes vivent réellement sous ses yeux.

Ub Iwerks, ancien animateur du studio et second père de Mickey, met au point un prototype novateur en 1933. Avec du bois, de la colle et des éléments de sa propre Chevrolet, il invente la caméra multiplane. Disney charge Bill Garity d'en améliorer le principe et la teste sur un court métrage en 1937.

Haute de 4 mètres, cette étagère verticale se compose de quatre plaques de verre mobiles, indépendantes et réparties à des distances variables de la caméra, disposée au-dessus. Sur chacune d'elles, un celluloïd transparent représente une couche différente du paysage. La séquence où Blanche-Neige s'enfuit dans la forêt est un modèle du genre.

Sur la plaque la plus éloignée de l'objectif, les dessinateurs placent le décor du fond : rochers et sous-bois dense. Des arbres morts et hostiles peuplés d'yeux jaunes menaçants habillent la deuxième. Sur une troisième, plus proche de l'objectif, Blanche-Neige court effrayée. Sur une dernière, au premier plan, des arbustes, dont les doigts noirs et crochus se découpent sur la robe jaune de la princesse et l'agrippent.

Ces objets se déplacent plus rapidement que le plan intermédiaire, puis que l'arrière-plan. Profondeur, variation de la vitesse et des lumières… l'impression de trois dimensions est saisissante. Le spectateur est en empathie, plongé comme l'héroïne dans les méandres de cette forêt sinistre.

Force du récit, avancées techniques, Oscar d'honneur, *Blanche-Neige et les sept nains* ouvre la voie. Bien sûr, le numérique viendra chambouler cet artisanat. Mais pas avant longtemps. En attendant, Walt Disney et sa caméra multiplane vécurent heureux et eurent beaucoup d'enfants.

The end.

Remerciements

Merci à Stéphanie Masson d'avoir supporté chaque semaine pendant cinq ans le sempiternel : « Tu aurais trois minutes que je te lise ma chronique ? », et pour m'avoir donné son avis, toujours sincère.

Merci à Samuel et Paul pour en avoir lu certaines et pour leurs « Oh ! » de surprise face à certaines photos étonnantes.

Merci à mes parents et à Romain pour leurs encouragements répétés depuis toujours.

Merci à Gavin's Clemente Ruiz pour avoir permis que ce livre existe, ses encouragements, ses conseils... et pour tout le reste.

Je tiens évidemment à remercier les journalistes de *L'Usine Nouvelle* qui ont participé à la réalisation de cette page « Industry Story » depuis 2016.

Anne Debray d'abord qui, la première, m'a encouragé à écrire et à imaginer une chronique pour le magazine. Et qui s'est ensuite, au fil des deux cents histoires, amusée à trouver avec moi une kyrielle de titres accrocheurs.

Christine Kerdellant pour avoir si vite accepté le principe de ce rendez-vous hebdomadaire et de l'avoir conservé dans le magazine encore aujourd'hui.

Pierre-Dominique Lucas pour son soutien et sa lecture assidue.

Merci aux chefs du beau, Vincent Boiteux et Eudes Bulard, d'avoir si bien su mettre en valeur cette dernière page au fil des différentes maquettes.

Aux yeux de lynx Claire Laborde, Judith Boisriveau et Claire Nicolas pour leur relecture attentive et avisée, et à ceux de Laurent Pennec pour ses calages au millimètre et à Sylvie Louvet.

À Jean-Louis Salque, chef de la photo, pour avoir déniché tous ces trésors sans couleurs, et à Marielle Toupance.

À Gaëlle Fleitour, Sylvain Arnulf et Catherine Houbart pour la mise en ligne sur usinenouvelle.com de chacune des chroniques.

Enfin, merci à l'ensemble de la rédaction pour tous les retours sympathiques et bienveillants.

Table

COMPOSITION ET MISE EN PAGES
NORD COMPO À VILLENEUVE-D'ASCQ

ACHEVÉ D'IMPRIMER PAR CPI
EN AVRIL 2021

N° d'impression : 2053878
Dépôt légal : mai 2021
Imprimé en France